森の小さなおはなし

雨の日のせんたくやさん

にしな さちこ 作・絵

のら書店

もくじ

かたつむりの音《おん》楽《がく》会《かい》

かたつむりのジョルニュには、大《だい》すきなおばあさんがいました。

おばあさんは、海《うみ》のちかくの山《やま》の、木《き》の根《ね》っこの下《した》にすんでいます。

春《はる》がもう、そこらここらにやってきて、草《くさ》むらには、花《はな》のいいにおいがただよっています。

「わぁー、おばあちゃんのすきな、たんぽぽの花《はな》がさきだした！」

ジョルニュは、いそいで花《はな》をつむと、おばあさんの家《いえ》にでかけていきました。

「まあ、たんぽぽの花《はな》じゃないか！　よくおぼえていたね、ジョルニュ」

「うん、だって、たんぽぽの花《はな》がすきなんて、かたつむりのなかじゃあ、おばあちゃんくらいだよ！」

「あれ、そうかい。たんぽぽがすきで、なんでいけないのさ」

「だって、たんぽぽは、お日《ひ》さまににてるだろう。かたつむりには、お日《ひ》さまはてきなんだ。お日《ひ》さまにながいことあたったら、ひからびちゃうよ」

「まあ、ジョルニュは、おもしろいこというねえ。あたしゃ、これだけ生《い》きてきて、お日《ひ》さまの下《した》でしんだかたつむりなんて見《み》たことないよ」

おばあさんは、たんぽぽの花《はな》を、テーブルのまんなかにかざりました。

「ほら、ジョルニュ、見《み》てごらん。まるで、へやがぱっとあかるくなって、お日《ひ》さまがひかっているみたいだろう」

おばあさんは、ぐぐーっとくびをのばすと、目《め》をほそめて、たんぽぽの花《はな》を見《み》つめました。

「ほんとうだ！　たんぽぽって、お日《ひ》さ

まみたいにひかるんだね！」

ジョルニュも、なんだかたのしくなりました。

「ジョルニュ、なんでもかんでも、ほかのかたつむりのはなしを、そのまましんじちゃいけないよ。じぶんでかんがえるために、あたまはつかうもんだよ。おばあちゃんは、お日《ひ》さまがすき。それのどこがわるいんだい？」

そんなはなしをきいていると、ジョルニュは、たしかにそうだとおもうのでした。ジョルニュだって、お日《ひ》さまの下《した》でひからびてしんだ、かたつむりにであったことはありません。

おばあさんは、いつだってこんなふうに、ほかのかたつむりとはちがうことをいうので、ジョルニュは、なんだかうきうきしてくるのでした。

「でもさぁ、おばあちゃんだって、いちばんすきな日《ひ》は、雨《あめ》の日《ひ》でしょ？」

「そうねえ……雨《あめ》の日《ひ》のきらいなかたつむりはいないだろうよ。でも、あたしがいちばんすきな日《ひ》は、くもりの日《ひ》かしらねえ」

「くもりの日《ひ》？　なんでなの？」

「だって、くもり空《ぞら》だと、いろんなそうぞうができるからさ。たとえば、空《そら》を見《み》あげて、雲《くも》のすきまがあかるくなって、あかるいひかりが見《み》えてきたとそうぞうしてごらん？　ジョルニュは、どんな気《き》もちになる？」

「うーんと、ぼくは、雲《くも》がくらいいろにかわって、雨《あめ》ふらし雲《ぐも》がやってきたらいいなって、おもうにちがいないよ」

「ははは、まあ、つまらないねぇ。あたしはこうおもうよ。もし、雲《くも》のすきまにひかりがさしたら、そのすきまから、あたり一めん、七いろのにじいろに雲《くも》をそめて、ひかりのすじがなん本《ぼん》もなん本《ぼん》もおりてきたら、きれいだろうってね！　そして、もっとさいこうなのは、そのひかりのなかを、雨《あめ》のしずくが、さらさらとおちてきたら、どんなにすてきでしょうってね」

「へえー！　おばあちゃんって、ロマンティストだね」

「はははは！　それより、おなかすいたろう。けさ、おいしいこけを見《み》つけたから、こけまんじゅうをつくったところだよ。たべておいき」

おばあさんは、そういって、だいどころからこけまんじゅうをもってきました。

「さあ、おあがり」

「はーい、いただきまーす」

そのこけまんじゅうは、それはそれはあまくて、ちょっと草《くさ》のにおいがしました。

「においづけに、よもぎのしるをまぜたんだよ」

「それで！　いいにおいがするっておもったよ」

ジョルニュは、あっというまに、三こもこけまんじゅうをたいらげました。

「そうだ、ジョルニュ、こんど、いっしょに音楽会《おんがくかい》にいかないかい？　くもり空《ぞら》の日《ひ》に」

おばあさんがいいました。

「ほんとうに？　じゃあ、つぎのくもり空《ぞら》の日《ひ》に、むかえにくるね」

ジョルニュは、そういって家《いえ》にかえっていきました。

「おばあちゃんって、ふしぎだなぁ……」

ジョルニュは、いつもそうおもいました。そして、いつまでも、ジョルニュのそばにいてほしいとおもうのでした。

おばあさんといると、じぶんがかたつむりだってこともわすれてしまいそうです。

「音楽会《おんがくかい》って、いったいどこにいくんだろう？」

ジョルニュは、たのしみでしかたありま

せんでした。

それから、三日後《みっかご》のことでした。

きのうまではれていた空《そら》も、きょうはどーんとにぶくしずんで、ぶあつい雲《くも》が、たれこめていました。

「やっとくもったぞ！　きょうならきっと、音楽会《おんがくかい》にもってこいの日《ひ》になるよ」

ジョルニュは、いそいでしたくをすると、おばあさんの家《いえ》にむかいました。

「やあ、ジョルニュ。そろそろくるとおもってたよ。さあ、これをしょっておくれよ」

ジョルニュのからのいいの上《うえ》に、おべんとうのバスケットをくくりつけると、ふたりはでかけました。

「それで、おばあちゃん、音楽会《おんがくかい》ってどこでやるの？」

「かたつむりのはかばだよ」

「ええ！　かたつむりのはかば？　そんなこときいてないよ。なんだか、こわくなってきちゃったよ」

　ジョルニュは、おもわず立《た》ちどまりました。

「なんで、はかばがこわいんだい？」

「だって、だって……おはかには、おばけがでるじゃないか！」

　すると、おばあさんは、ながーくくびをのばして、ふがふがとわらいました。

「ジョルニュは、おかしなことというね。おばけって、おばけのもとのすがたはなんだ

い？」

「生《い》きたかたつむりだよ」

「ほら、そうじゃないか！　だれだって、みんないつか、はかばにいくんだよ。おばけってよんでても、むかしはだれかのともだちだったり、親《おや》だったりもするだろう」

「そりゃあ、そうだけど……」

「あした、あたしだって、おばけになるかもしれないよ」

おばあさんがそういったのをきいて、はじめてジョルニュは、なんだかむねがどきどきしました。おばあさんが、年《とし》をとっているとおもっても、しんでしまうなんて、かんがえたこともなかったからです。

「そこは、すてきでおもしろい場所《ばしょ》なんだよ。あたしがいうかたつむりのは

かばは、ながめはいいし、それはさいこうの場所《ばしょ》だよ。こわいことなんて、ひとつもないよ」

ジョルニュは、やっとあんしんしてついていきました。

おばあさんは、海《うみ》のしおのにおいのするほうに、あるいていきました。

いったい、どんな場所《ばしょ》なんでしょう。ジュルニュは、音楽会《おんがくかい》をする、そんな場所《ばしょ》があるときいたこともありませんでした。

そのうち、目《め》のまえに海《うみ》がひらけて、ふたりは、海《うみ》の見《み》える場所《ばしょ》までおりてきていました。

「もうじきだよ」

おばあさんも、すこしはや足になっています。

「あ、見《み》えてきたよ！」

おばあさんは、土手《どて》のまえで立《た》ちどまりました。

「ここだよ」

ジョルニュは、はじめ、そこがいったいなんなのか、よくわかりませんでした。

「おばあちゃん、そこって、ただの土手《どて》のかべでしょ？」

「ジョルニュ、ちゃんと見《み》てごらんよ」

おばあさんは、かべをじっと見《み》ています。

そこで、ジョルニュもかべにちかづいて、おもわず声《こえ》をあげました。

「ええ！　これって、ぜんぶかたつむりのからでできてるの？」

かべに見《み》えたのは、かたつむりのからが、いくつもいくつもかさなってできた、からのかべだったのです。

「おばあちゃん、これどういうこと？」

「ここの土《つち》には、かたつむりのすきな味《あじ》がしみついているんだよ。しぬじきがわかったかたつむりは、この場所《ばしょ》に、すいこまれるようにやってきて、土《つち》のなかにもぐっていくのさ。そして、いつかねむるように息《いき》たえて、こんなふうにかさなったからのかべができるんだよ。それで、あたしゃ、ここを、かたつむりのはかばって、よんでいたんだ」

「でも、おばあちゃんは、音楽会《おんがくかい》につれていくっていったじゃないか！」

ジョルニュは、すっかりこわくなってしまいました。

これだけたくさんのかたつむりのからがあるのですから、それだけたくさんのかたつむりが、ここでしんでいったということになります。

「ジョルニュ、ここはかたつむりのはかばであって、音楽会《おんがくかい》のコンサート会《かい》場《じょう》でもあるんだよ。まあすこしまっていてごらん。そのうち音楽会《おんがくかい》がはじまるよ」

おばあさんは、ちかくのすなの上《うえ》にすわって、目《め》をとじました。それで、ジョルニュも、おばあさんのよこにすわると、目《め》をとじました。

海《うみ》はいいろで、ときおりふかいぐんじょういろの青《あお》いなみが、いくつもいくつも山《やま》のかたちにうかんではきえ、きえてはうかんでいました。

おだやかだった海《うみ》に、すこし風《かぜ》がふきだしました。しお風《かぜ》が、ジョルニュのはなをもぞもぞくすぐります。

そのときでした。

ぶおーん、ぶおーん……と、しずかに、どこからか、ひくい音《おと》がきこえてきました。

ぼぼぼぼぼぼーん、ぼぼぼぼーん。

その音《おと》は、ふゅるふゅると木《こ》がらしのようにふいたかとおもうと、やさしい春風《はるかぜ》のように、ふーふーるるーとふいてきたり、それはふしぎできれいな音《おと》をかなではじめました。

ジョルニュは、おもわず目《め》をあけて、くびをのばしました。いったい、この音《おと》はどこからきこえてくるのでしょう?

なんとその音《おと》は、海風《うみかぜ》が、からになった、かたつむりのからのなかにとびこんで、からをがっきのホルンのようにして、かなでていたのです。

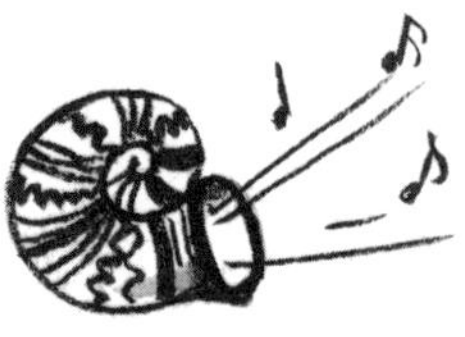

「わぁー、海風《うみかぜ》の音楽隊《おんがくたい》だ！　かたつむりのからをがっきにして、音楽《おんがく》をならしてる」

　ジョルニュが、さけびました。

「すごい、すごいよ、おばあちゃん。なんてきれいな音《おと》なんだろう」

海風《うみかぜ》は、こっちのから、あっちのからへとはいりこんで、それはうつくしい音楽《おんがく》をかなでつづけています。

　ぼーん、ぼーん、ぼっぼぼぼぼーんと、かなしいひびきがきこえたときには、ジョルニュは、とおくにたび立《だ》っていったかたつむりたちのかなしみまでかんじて、むねがしめつけられるほどでした。

「しあわせだろうね。じぶんがからだけになっても、こんなふうに音楽《おんがく》をかなでられるとおもったらさ」

　おばあさんは、目《め》をとじたまま、にこにこしています。

海風《うみかぜ》は、しばらくそうしてえんそうをたのしんで、ふっ

とどこかにかえっていってしまいました。

「さて、きょうの音楽会《おんがくかい》はおしまいだよ。あ、わすれてた、わすれてた！おべんとう、おべんとう。音楽《おんがく》をきいたら、おなかがすいてきたね」

ふたりは、海《うみ》を見《み》ながら、おばあさんのつくった、つゆ草《くさ》の朝《あさ》つゆのおべんとうをたべて、かえってきました。

「おばあちゃん、きょうは、海風《うみかぜ》の音楽会《おんがくかい》につれていってくれてありがとう。あんなにうつくしい音楽《おんがく》を、ぼくははじめてきいたよ」

「そうだろう。あたしもいつか、あの音楽隊《おんがくたい》のなかまにはいりたいとおもってるんだよ。そのときには、ジョルニュ、ぜったいに、ききにきておくれよ。音楽《おんがく》のなかに、おばあちゃんを見《み》つけておくれよ」

おばあさんは、にこにこしながらいいました。

家《いえ》にかえったジョルニュのむねのなかで、いつまでもいつまでも、海風《うみかぜ》のかなでる音楽《おんがく》がうずをまいていました。

そして、おばあちゃんなら、きっとあの音楽隊《おんがくたい》の一いんになるにちがいないとおもいました。でも、そんな日《ひ》が、けっしてこなければいいのにともおもいました。

けれどふしぎなことに、おばあちゃんは、いつか、あの音楽隊《おんがくたい》にくわわるんだとおもったら、ジョルニュのこころのなかに、やさしくあたたかなものが、ほんわりひろがって、どこかほっとしたのでした。

水《みず》たまりの青空《あおぞら》

雨《あめ》あがりの森《もり》に、しずかにうす日《び》がさしてきました。ところどころに、小《ちい》さな水《みず》たまりができています。

からすの子《こ》のクローは、雨《あめ》でぐちゃぐちゃになった草《くさ》むらを、ぴょんぴょんっ！　と、かえるのようにはねながら、あるいていました。

はねるたびに、びしゃっびしゃっと、どろがはねとびます。

とがった草《くさ》のさきからは、お日《ひ》さまの日《ひ》ざしをうけた、雨《あめ》のしずくが、ぽたぽたひかってはきえ、ひかってては生《う》まれています。

すると、草《くさ》むらのむこうの、小《ちい》さな水《みず》たまりのそばに、くまねずみがしゃがんでいるのが見《み》えました。

クローは、こんどは、一ぽ一ぽ音《おと》をたてないように、そっとちかづいていきました。

「なにしてるんだろう？」

くまねずみは、水《みず》たまりのなかをのぞいては、ためいきをついているようでした。あんまりしんけんに見《み》つめていたので、クローがちかづいたのを、くまねずみは気《き》がつきませんでした。

「ひゃー！」

いきなり水《みず》たまりに、クローのくろいすがたがうつったので、くまねずみは、からだのけをぜんぶたたせてとびあがりました。

「ほーら……いつだってこうだ……からすを見《み》たら、みんながこわがる気《き》もちが、まったくわからないよ」

クローが、いいました。

「こわがらなくていいよ。ぼくのなまえは、クロー。なんにもしやしないよ。ただ、きみが、あんまりしんけんに水《みず》たまりをのぞいているから、さかなでもいるのかとおもったよ」

くまねずみは、クローのはなしに、ちょっとわらっていいました。

「あー、びっくりした！　でも、わるいけど、ぼくはきみにおどろいたんじゃないんだ。ぼくのなまえは、ガリー。どのねずみも、からすをこわがるとおもったら大《おお》まちがいさ。こわがったんじゃなくて、きゅうに、水《みず》たまりがまっくろになったから、雨雲《あまぐも》がたちこめたかとおもってびっくりしたんだ。ところで、この水《みず》たまりに、さかななんていないよ」

「雨雲《あまぐも》？　きみはふしぎなことというな。ちょっと、ぼくにものぞかせてよ」

クローは、くびをながくして、水《みず》たまりをのぞきました。

「あ、ほんとうだ、なにもいないね」

クローは、水《みず》たまりのなかになにもいないことをたしかめると、いいました。

「水《みず》たまりのなかに、なにもいないのに、きみは、じゃあ、なにしてたんだい？」

「それはね……」

ガリーは、またしゃがみこむといいました。

「ほら、きみにも見《み》えるでしょ？　水《みず》たまりにうつっているもの」

ガリーが、目《め》をきらきらさせていったので、おもわずクローも、よこにならんで水《みず》たまりのなかをのぞきました。

「なにが？　なにもうつってないよ」

「なにもって、うつってるだろう？」

クローは、しんけんに水《みず》たまりのなかをのぞきましたが、見《み》えたのは、ガリーとじぶんのかおだけでした。

「うん、きみとぼくのかおがうつっているよ」

「ちがうよ、そうじゃなくて、うつってるだろう、空《そら》の青《あお》いろが」

ガリーが、水《みず》たまりを見《み》つめていいました。

そこで、クローも、空《そら》の青《あお》いろがうつっているか、水《みず》たまりをのぞきました。

「あのさ、水《みず》たまりに空《そら》がうつるのは、あたりまえだとおもうんだけど」

「そりゃあ、そうかもしれないけど、見《み》てごらんよ、なんてきれいな青《あお》なんだろう」

「あのさ、いいづらいんだけど、空《そら》の青《あお》を見《み》たいんなら、ほら、こうして、立《た》って空《そら》を見《み》あげたほうが、よく見《み》えるとおもうんだけど」

クローが、空《そら》を見《み》あげながらいいました。

すると、ガリーは、ふーとためいきをつきました。

「そういうことじゃないんだよ。ぼくはね、空《そら》の青《あお》いろがほしいんだよ。空《そら》にのぼることはできないし、どうしたらいいかとかんがえてたら、とってもいいかんがえがうかんだんだよ」

「なになに、そのいいかんがえって？」

「水《みず》たまりにうつった空《そら》の青《あお》いろを、とればいいってことだよ」

「ほんとだ！　きみは、ずいぶんあたまのいいねずみだね！」

クローは、すっかりかんしんしてしまいました。

「それで、どうやってとるんだい？」

「どうやってって？　水《みず》たまりにうつった空《そら》を、すくいあげるんだよ」

ガリーは、すましていうと、わきにおいたバケツをゆびさしました。

「でも……そんなことで、ほんとうに空《そら》の青《あお》いろがとれるの？」

クローは、ちょっとくびをかしげましたが、ガリーが、とってもじしんありげなので、そんなものかとおもいました。

「ところできみは、空《そら》の青《あお》いろをバケツにとれたら、それをどうするつもりなんだい？」

「家《いえ》にかえって、その水《みず》で、かべをまっ青《さお》にぬるつもりなんだよ」

「家《いえ》のかべを青《あお》いろに？」

「そうさ。このあいだね、ぼくは気《き》づいてしまったんだよ」

「気《き》づいたって、なにに？」

「じぶんが、いかにちっぽけかってことだよ」

ガリーが、ちょっともったいぶっていいました。

「このあいだのことだ。ぼくは、いつものように、むぎ畑《ばたけ》のなかをかけずりまわり、小《こ》むぎをあつめていたんだよ。そのときにふと、立《た》ちどまって空《そら》を見《み》あげたんだ。まっ青《さお》な空《そら》が、どこまでもつづいて、うつくしい日《ひ》だった。むぎのあいだから、まっ青《さお》な青《あお》が、それはきれいな青《あお》が、きゅうに、ぼくの目《め》のなかにとびこんできて、ぼくを見《み》つめているようにかんじたんだ！　そう、見《み》つめていたんだよ。ぼくだけを！」

「ええ！　青《あお》いろが見《み》つめた？　きみを？

きみは、ずいぶんロマンティックなんだね！」

クローは、くすっとわらいながらいいました。

「そのとき、なんだかきゅうに、こころがうきうきしてきたんだ。まっ青《さお》な空《そら》から、げんきをもらった気《き》がしたんだよ」

「へぇー、それはすてきなことだね」

おもわず、クローも、空《そら》を見《み》あげました。

「それでね、青空《あおぞら》っていいなって、こころからおもってね、もし一年《ねん》じゅうこの青空《あおぞら》がへやのなかにあったら、どんなに毎日《まいにち》がすてきだろうって、おもったんだよ！」

「なるほどねぇ、たしかに、ぼくなんて毎日《まいにち》、空《そら》をとんでいるから、空《そら》のいろのこと、じっと見《み》ていなかったかもしれないよ」

クローにとっては、空《そら》がそこにあることはふつうだし、いしきしたことがありませんでした。

「それで、へやのなかを、空《そら》の青《あお》いろでぬろうときめたんだよ」

クローは、ガリーはなんてえらいんだろうとおもいました。

「きみは、すごいことをおもいついたんだね！　そりゃあ、どんなにすてきだろうね！　へやのなかに青空《あおぞら》があったら！」

クローも、おもわず青空《あおぞら》を見《み》つめて、見《み》とれてしまいました。

「さあ、きょうはとってもきれいな日《ひ》だ。あの青空《あおぞら》の青《あお》いろを、もらっていくとしよう！」

ガリーは、水《みず》たまりにひしゃくをいれて、青空《あおぞら》をすくおうとしました。木《き》のぼうに、まるい葉《は》っぱをつけた大《おお》きなスプーンのようで、ガリーがじぶんでつくったものです。

「さあ、やってみるね！」

ガリーは、ひしゃくを水《みず》たまりにさしいれました。

けれど、なんてことでしょう！

「あああ……！」

ひしゃくを水《みず》たまりにいれたとたん！　水《みず》たまりにうつっていた青空《あおぞら》はくもって、茶《ちゃ》いろのどろ水《みず》がわきでてきてしまいました。

「おちついておちついて……」

あわてて、クローがいいました。

「そうだね、ありがとう……こんどは、しずかに、そっとそっとすくってみるよ」

ふたりは、じっと水《みず》たまりのなかのどろ水《みず》を見《み》つめました。にごったどろ水《みず》が、もくもくもくもくもく、雲《くも》のようにわきでています。

「なんか、空《そら》の雲《くも》が、水《みず》たまりのなかにあるみたいだね。そうおもわないかい？」

ガリーが、いいました。

「そうそう、ぼくもいま、そんなことかんがえてたよ」

ふたりは、目《め》をあわせてわらいました。

しばらくじっとしていると、水《みず》たまりはもとのようにすんで、青空《あおぞら》がまた水《すい》めんにうつってきました。

「さあ、こんどこそ、そっとそっと、すくってみるよ」

ガリーは、しんけんなかおをして、しっぽをぴん！　とたてて、ひしゃくを水《みず》たまりにいれました。

けれど、やっぱり、水《すい》めんはゆらゆらなみうって、あっというまに、茶《ちゃ》いろくにごってしまいました。

ガリーは、それでもあきらめずに、なんどもなんども、くりかえしていましたが、どうやっても、水《みず》たまりはにごるのでした。

クローは、なんだかガリーがかわいそうになって、なんていっていいかわかりませんでした。

「きっときょうの青空《あおぞら》は、きみの家《いえ》のかべにぬってもらうほど、青《あお》い、いいいろでないから、すくってもらいたくなかったのかもしれないね」

やっとのことで、そういいました。

ガリーは、すっかりつかれきっていました。

「ありがとう、からすくんはやさしいね。そうだね、きっと、もっとまっ青《さお》な青《あお》いろのほうが、ぼくのほしかったいろだよ」

「そうだよ、きみと目《め》があった青空《あおぞら》の青《あお》いろと、きょうの青空《あおぞら》の青《あお》いろはちがってたにきまってるよ」

クローは、とてもつよくいいました。

あんまりつよくいったので、じぶんでも、なんでこんなに力《ちから》がはいるんだろうとおもいました。

「そうだね、ほんとうにそうだ！　ぼくのほしい青《あお》いろは、たしかにもっと青《あお》かったよ！」

ガリーは、すっくと立《た》ちあがると、青空《あおぞら》を、目《め》をほそめて見《み》あげました。

「よかったら、こんど、空《そら》のこと、ぼくがいろいろはなしてあげるよ。きっと、きみのしらないはなしをしてあげられるとおもうんだ。だって、ぼくは、毎日空《まいにちそら》をとんでるとりなんだからね」

クローも、青空《あおぞら》を見《み》あげていいました。

「ほんとうに？　そうだ！　じゃあ、かわりにぼくは、こんど、じめんの上《うえ》や下《した》でなにがおきているか、そういうはなしをきかせるよ。からすくん、ありがとう。おかげでぼくはもう、水《みず》たまりに青《あお》いろをすくいにこない気《き》がしてきたよ。うん、なぜかわからないけどね」

ガリーが、あたまをぽりぽりかいていいました。

ガリーのひとみがきらきらかがやいているのを見《み》て、クローのむねは、ほんわりあたたかくなりました。

「それじゃあ、またあおう、またね！」

クローは、大《おお》きくはばたくと、空《そら》のなかにまいあがりました。

ガリーが、りょう手《て》を大《おお》きくふっているのが見《み》えます。

クローは、さっそうとスピードをあげてとんでいきました。

どんぐりどけい

「まだかな、まだかな……」

しまりすのピップは、朝《あさ》からずっと、かしの木《き》の根《ね》もとにしゃがんで、どんぐりがみのるのをまっていました。

「ぜったい、どんぐりがみのるのを、見《み》のがさないぞ！」

ピップは、こころにそうきめていたのです。

じつはこの数年《すうねん》、このどんぐり山《やま》の木《き》には、どんぐりがすこしもならないのです。

どんぐりが大《だい》すきなピップは、今年《ことし》の秋《あき》こそどんぐりがなるとしんじていました。

「どんぐりがなったしゅんかんに、だれかにとられたらこまるし、ここで見《み》はってるんだ」

そこでピップは、朝《あさ》から夕《ゆう》ぐれまで、かしの木《き》を見《み》あげていることにしたのです。

きょうは、まったく気《き》もちのいい秋《あき》の日《ひ》で、見《み》あげた空《そら》のいろは、ぱかーんと青《あお》く、それはのびやかです。

ピップは、空《そら》を見《み》あげているうちに、なんだか気《き》もちよくなって、すこしねむくもなりました。

「なんだか、あまったるいような……気分《きぶん》……」

ピップは、かれ葉《は》の上《うえ》で、うとうといねむりをしてしまいました。

＊

すると、ピップのあたまを、だれかが、いい子《こ》いい子《こ》となでるのです。

ピップは、

「だれですかー？　なんかようですかー？」

と、こころのなかでいいました。

するとどこからか声《こえ》がきこえました。

＊

『このりすのこどものように、もう何年《なんねん》も、わたしたちのどんぐりをまっているものもいるんですよ』

ざわざわ、しゃらしゃら。ざわざわ、しゃらしゃら。

『いいや、どんぐりじかんをすすめることはいかん！　そんなことをしたら、しぜんのしくみがこわれてしまうぞ！』

ざわざわ、しゃらしゃら、ざわざわ、しゃらしゃら。

＊

「しくみがこわれてしまうよ、そうだよ。おなかがへってしまうよ、どんぐ

りがたべたいよ……」

はっとして、ピップはとびおきました。

「あれ？　ゆめだったのか？」

ピップは、さっききこえたはなしを、おもいだしていました。

「どんぐりじかん？　どんぐりじかんってなんだろう？」

見《み》あげると、かしの木《き》の葉《は》っぱが、ざわざわとなっているだけです。

「どんぐりじかんってなんだろう？」

きゅうに、ピップのあたまのなかは、そのことばでいっぱいになってしまいました。

「いったいなんだろう?」

そこへ、ここちよい秋風《あきかぜ》が、やさしくふいてきて、ピップは、またうとうとしていました。すると、また、ききなれない声《こえ》がきこえてきました。

＊

『だけど、きまりはきまり。このよていをきめたのは、もう三年《ねん》まえのことだ。そんなにかんたんにやくそくをやぶったら、しぜんのしくみがくるってしまうよ』

『そりゃそうだけど、ここずっと、雨《あめ》がふらない日《ひ》がつづいて、森《もり》のどうぶつは、みんなおなかをすかしてる。今年《ことし》、わたしたちがどんぐりをみのらせなかったら、森《もり》のどうぶつたちは、どんなにこまるでしょう』

＊

「くすぐったいよ、くすぐったい……きゃー!」

ピップが目《め》をあけると、おなかをすかして、どんぐりをさがしにきたくまのかおが、すぐ目《め》のまえにありました。

ピップは、でんぐりかえしをするようにはねとぶと、木《き》の上《うえ》ににげていきました。

くまは、かしの木《き》のまわりで、どんぐりをさがして、がつがつと土《つち》をひっかきまわしていましたが、ここにもなにもないとわかって、のっそりのっそりいってしまいました。

このあたりにおちたどんぐりは、もうとっくに、しまりすたちが、そっくりほりおこしてしまっていたのです。

「あー、びっくりした！」

ピップは、くまがいってしまうのをたしかめて、また木《き》の下《した》におりてきました。

「あのくまも、おなかをすかしてるんだな。ああ、このかしの木《き》の林《はやし》だけでも、どんぐりがみのってくれたら、どんなにたすかるだろう」

ピップは、ぼんやりと木《き》を見《み》つめていました。

けれど、いくら目《め》をこらしても、えだにはどんぐりの実《み》のできるけはいはあらわれませんでした。

「どうしたの？」

きゅうに声《こえ》をかけられたピップは、びくっとしてふりむきました。

すると、そこに、赤《あか》いぼうしをかぶった小《ちい》さなひとが、立《た》っていたのです。

「あのー、ぼく、どんぐりがなるのをまってるんです」

「きゃきゃきゃ！」

赤《あか》いぼうしのこどもは、わらいながらとびはねました。

「それは、むりだよ、むり！　だって、どんぐりどけいは、まだどんぐりじかんじゃないもの！」

「どんぐりじかん？」

「そうだよ。きみしらないの？　どんぐりじかん」

「うん、そういえば、さっきからなんかきこえるの。どんぐりじかんをまもるとかなんとか」

「ああ、それは、この林《はやし》のかしの木《き》たちのおしゃべりだろう？　どんぐりの木《き》には、どんぐりをみのらせるじかんがきめられていて、そのじかんがくるまで、みのることはできないんだよ」

「ええ！　じゃあ、もし森《もり》のどうぶつがおなかをすかして、しんでしまっても、どんぐりじかんをまもるっていうの？」

　すると、まわりのかしの木《き》が、いきなりざわざわゆれだしました。

「あたりまえさ。そんなことを気《き》にして、どんぐりじかんをやぶってしまうことのほうがこわいことだよ」

「そんなこと？　森《もり》のどうぶつが、しんでしまうのもどうでもいいっていうの？」

「ああ、しぜんのやくそくのほうがだいじさ。どんぐりたちはみんなできめてるんだ。今年《ことし》はどんぐりをみのらそう。来年《らいねん》はやめときましょうってね」

「なんで、そんなことするのさ！　毎年《まいとし》、みのらせてくれたっていいだろう？」

「じゃあ、きくけど、かしの木《き》が毎年《まいとし》、どんぐりをみのらせたら、つかれきってびょうきになっちゃうよ。それでもいいっていうのかい？」

赤《あか》いぼうしのこどもは、かしの木《き》のほうがだいじなんだと、ピップはおもって、すっかりかなしくなりました。

「もういいよ。どんぐりじかんのほうがだいじだって、きみはおもってるんだ。ぼくは、きみとははなす気《き》にもならないよ、さよなら」

ピップは、なんだかもうむしゃくしゃして、とびはねながら、家《いえ》にかえっていきました。

「よーし、どんぐりじかんがあるっていうんなら、あした、どんぐりの木《き》をかたっぱしからしらべて、どんぐりどけいを見《み》つけてやる！　そうして、とけいのはりをうごかしてやるんだ！」

ピップは、そうきめてねむりにつきました。


つぎの日《ひ》、朝《あさ》はやく目《め》ざめると、ピップは、かしの木《き》の林《はやし》にむかいました。

そして、しゅるしゅるっと木《き》にのぼると、どこかにとけいがかくれてないか、さがしはじめました。

つぎからつぎと、木《き》のえだや根《ね》っこのあいだも、さがしてみましたが、どこにもとけいはありません。

「どんぐりどけいって、どこにあるん

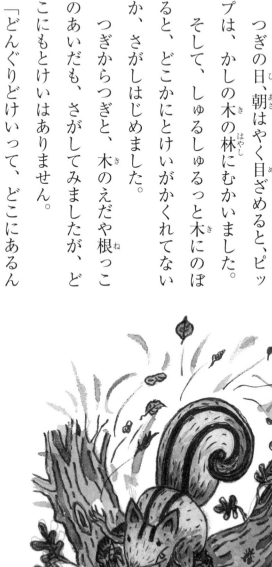

だろう?」

ピップは、かしの木《き》を見《み》あげていいました。

「かしの木《き》さーん、どんぐりどけいはどこにありますかー?」

けれど、かしの木《き》は、しーんとしているばかりです。

「こまったなぁ、もうまえにあつめたどんぐりもなくなってしまうよ」

ピップは、いつものように、かしの木《き》の下《した》にすわって、いねむりをはじめました。

＊

『どうしましょう? この子《こ》りすのいうとおりよ。森《もり》のどうぶつがおなかをすかしてしんでしまったら、わたしたち、どんぐりをはこんでもらうこともできなくなるわ』

『たしかに、どんぐりじかんはだいじだが、たまには、じかんをはやめてもいいかもしれないぞ』

『さんせい！　さんせい！　西《にし》のミズナラ、だいさんせい！』

『さんせい！　さんせい！　北《きた》のコナラ、だいさんせい！』

『さんせい！　さんせい！　南《みなみ》のアカガシ、だいさんせい！』

『じゃあ、どんぐりどけいをはやめますよ。東《ひがし》のクヌギもだいさんせい！』

＊

ざわざわざわざわ、がさがさごそごそ！

大《おお》きく葉《は》っぱのすれる音《おと》がしたとおもうと、

「ごー、ごー、ごー！」

ピップがとびはねるような、土《つち》のなかからきこえるような、ふしぎな音《おと》が、かしの木《き》のあいだにひびいていきました。

「ぼわぼわぼおわー、あーむおーむりーむー！」

そして、かしの木《き》というかしの木《き》の葉《は》っぱが、いっせいにゆれだして、大《おお》きなたつまきのような風《かぜ》がおこりました。

風《かぜ》は、森《もり》をこえ谷《たに》をこえ、おかをこえて、はしっていきました。
『やったー、やったー！　これでどんぐりじかんがはやまったよー！』
ピップが見《み》あげると、ずっとたかい木《き》の上《うえ》に、きのうの赤《あか》いぼうしのこどもが、ぴょんぴょんはねているのが、見《み》えた気《き》がしました。

＊

それからは、たいへんうれしいことになりました。

どんぐりじかんがはやまったおかげで、ピップの上《うえ》に、どんぐりがごろごろとおちてきたのです。

あっというまに、かしの木《き》というかしの木《き》にどんぐりがみのり、あっというまに、おっこちてきたのです。

どんぐりのにおいをかぎつけた、森《もり》のどうぶつたちが、はしってくる音《おと》がきこえてきます。

「ありがとう、かしの木《き》さん！　どんぐりじかんをはやめてくれて」

ピップは、このはなしを、森《もり》のなかまにしらせなくちゃとおもいました。
森《もり》には森《もり》の、どんぐりにはどんぐりのじかんがあるのでしょう。
「どんぐりどけいのはりをまわしたのは、もしかして、あの風《かぜ》だったのかな？」
がさがさ、がりがり！　がさがさ、かりかり！
森《もり》のあちこちで、どんぐりを見《み》つけたどうぶつたちが、はしゃいでいます。
ピップもあわてて、どんぐりあつめにかけだしました。

はりねずみとまっ赤《か》な葉《は》っぱ

はりねずみのポロンが、ぴーんとこごえた空気《くうき》のなかを、おばあさんはりねずみの家《いえ》に、いそいでいました。これからむかえる冬《ふゆ》ごもりのために、秋《あき》にあつめたたべものを、おばあさんにとどけてあげるのです。

夕《ゆう》やみがせまる空《そら》には、白《しろ》い月《つき》もかおをだしています。ポロンは、たべものがはいったかごを、しっかりかかえなおしました。

「雪《ゆき》がふってくるまえに、かえってくるのよ！」

かあさんはりねずみのことばが、あたまのなかにひびきました。ポロンは、つめたくこおった道《みち》を、ざくざくとことこ、まえのめりになってあるいていきました。こおって、しものついたおち葉《ば》をふむ音《おと》が、しずかな山《やま》みちにひびいています。

ざくざくざく、じょりじゃりじょり。

「あれ？」

たったいまとおりすぎたみちを、ポロンは立《た》ちどまってふりかえりました。

「あ！　やっぱりだ」

　みきだけになって、いろのなくなったしげみがつづくみちで、いま、まっ赤《か》なものが、とおりすぎた気《き》がしたのです。

「やっぱりだ！」

　ポロンは、みちをすこしもどって、その赤《あか》いものがなにかたしかめました。

　それは、たった一まいだけえだにのこった、赤《あか》い葉《は》っぱでした。

「きれいだなぁー」

　おもわず、ポロンは、その葉《は》っぱの

赤《あか》いいろに見《み》とれて立《た》っていました。まっ赤《か》なそのいろは、秋《あき》の夕日《ゆうひ》や、はりねずみの大《だい》こうぶつの、かきのいろもおもいださせました。

ふゅるふゅるー、そのとき、ポロンのほおをつめたい風《かぜ》がふきつけました。

「おー、さむ！　こんなところでみちくさしてちゃいけない」

ポロンは、またいそいであるきだしました。

冬《ふゆ》がちかづいたみちは、どこもかしこもはいいろで、ポロンは、つまらないとおもいました。それに、夕《ゆう》がたともなると、なんだかめっきりこころがしぼんでしまいそうないろにかわります。

とんとん！

おばあさんはりねずみの家《いえ》のドアをたたくと、じきに、おばあさんがドアをあけてくれました。

「おや、ポロンじゃないかい。はやくおはいり。そとは、さむかったろう」

おばあさんは、ポロンをなかにいれると、あたたかいお茶《ちゃ》をいれてくれました。

「さあ、どんぐり茶《ちゃ》をおのみ。からだがあったまるよ！」

「おばあさん、これ、おかあさんが、冬《ふゆ》ごもりのごちそうだって！」

「まあ、わるかったねぇ、たすかったよ。今年《ことし》は、おもったより、たべものをよういできていなかったのさ」

おばあさんは、ポロンからうけとったかごを、ベッドのそばにもっていきました。

「これで、いつ目《め》がさめても、手《て》をのばせばごはんにありつけるね。ポロンありがとう」

「おばあさん、ここにくるとちゅうに、まっ赤《か》ないろの葉《は》っぱがあったんだけど、あの木《き》はなんの木《き》？」

「まっ赤《か》ないろをしてたかい？」

「うん、それはそれはまっ赤《か》だった」

「じゃあ、それは、うるしって木《き》の葉《は》っぱだよ。あの木《き》は、さわるとかぶれちゃったり、ちょっとどくがあるから、さわっちゃいけないよ」

「どく?」

「ああ、あたしたちはりねずみは、へいきだとおもうけど、気《き》をつけたほうがいいよ」

「ふーん」

「ポロン、このおいも、もっておいき!」

おばあさんはりねずみは、とってもおきのごちそうをくれました。

「ありがとう」

ポロンは、おばあさんはりねずみに、冬《ふゆ》

ごもりのあいさつをして、いそいでかえっていきました。あたりは、そろそろ夕《ゆう》ぐれで、うっすらとすみれいろに、空《そら》がひろがっています。

ポロンは、こおったしもを、じゃりじゃりふんづけながら、かえっていきました。

「あ！　まだついてる！」

さっきの、うるしの赤《あか》い葉《は》っぱが、まだえだに一まいついていたのです。

ポロンは、また立《た》ちどまって、その葉《は》っぱを見《み》つめました。夕《ゆう》ぐれのむらさきいろがかかって、さっき見《み》たときよりも、ずっとふかい赤《あか》に見《み》えました。

「よあけのまっ赤《か》な空《そら》ににているな」

ポロンは、朝日《あさひ》ののぼるじかんをおもいだしました。

ふゅるるるるー！

「おお、さむー！」

木《こ》がらしが、さっきよりもつよくつよくふいたので、赤《あか》い葉《は》っぱもびゅるるるーと、ゆれました。

　ポロンは、むちゅうではしってかえりました。

「おかあさん！　おばあさんよろこんでたよ。おれいに、これもらっちゃった」

「かえってわるかったわね。まあ、おいしそうなおいも！　わたしたちも、冬《ふゆ》ごもりのじゅんびにかかりましょう」

　かわいた草《くさ》やかれ葉《は》をつんでつくったベッドは、ふかふかして、それはいいにおいがします。

　ポロンとおかあさんは、ベッドのよこに、おばあさんがしていたように、たべものがどっさりはいったかごをおきました。こうしておけば、いつおなかがすいて目《め》がさめても、わざわざおきなくても、手《て》をのばせばたべものがあるというわけです。

「おかあさん、おち葉《ば》って、どの葉《は》っぱも、みーんな冬《ふゆ》になるとおちるの？」

「そりゃあそうよ。もちろん、まつの木《き》やもみの木《き》みたいに、冬《ふゆ》のあいだもずっと葉《は》っぱをおとさない木《き》だってあるけど、だいたい、赤《あか》やきいろにいろづいた葉《は》っぱは、みんなおちてしまうわ」

ポロンは、さっき見《み》たうるしの赤《あか》い葉《は》っぱは、どうして一まいだけおちないんだろうと、ふしぎにおもいました。

「さっきのみちで、ずっとずっとおちない葉《は》っぱを見《み》たんだ」

「まあ、よほど、根気《こんき》のある葉《は》っぱなのかしら？　でも、もう今夜《こんや》木《こ》がらしがふいたら、どこかにふきとばされてしまうにちがいないわよ」

「そうだね」

ポロンは、あの葉《は》っぱだけ、たった一まい、なんであのえだについていられるのか、かんがえればかんがえるほど、気《き》になってきました。

こんなさむい夜《よる》に、たった一まいでえだについているって、さみしくないのかな？　とおもいました。

おばあさんが、あの葉《は》っぱはどくだといったことも気《き》になりました。

「みんなほかの葉《は》っぱは、おちてしまって、かれ葉《は》になってあつまってるんだから、あの葉《は》っぱも、はやくみんなのところにいけばいいのにね」

「そうねえ、こんな夜《よる》はさみしいでしょうね」

ポロンは、かえりみちでふりかえったとき、葉《は》っぱがポロンに手《て》をふるように、ぱらぱらとうごいて見《み》えたのでした。

「たしかに、いまごろ、とってもさみしいにきまってる！」

大《おお》きな月《つき》が、夜空《よぞら》にのぼりました。

「ちょっとぼく、もう一かいあの葉《は》っぱを見《み》てくるよ」

「まあ、なにいってるの、ねむくなったらどうするの？　家《いえ》にかえってこられなくなるわ」

「だいじょうぶ、ぜんぜんねむくないもん！」

ポロンは、とびだしていきました。

大《おお》きな白《しろ》い月《つき》が、あかるく夜《よ》みちをてらしてくれました。けれど、なにもかもがはいいろで、せかいはすっかりいろをうしなっています。

「あ、あそこだ！」

それは、月《つき》あかりにてらされてひかる、さっきの赤《あか》い葉《は》っぱでした。

「やっぱり、まだおちてなかったよ」

夜《よる》のなかでは、さっきのあのまっ赤《か》ないろも、くろく見《み》えます。

「ぼくさあ、きみがたった一まいで、さみしくないかとおもって、気《き》になってしかたないんだよ」

ポロンは、葉《は》っぱにはなしかけました。

もちろん、葉《は》っぱはなにもいいません。

「きみは、あしたにでも、えだからはなれて、なかまのところにいったらいいよ。そんなところにのこってたら、かちかちにこおってしまうから」

けれど、葉《は》っぱはなにもいいません。

「ぼくはね……そう……もう……じき……冬《ふゆ》ごもりに……ははは……いるんだ。そうしたら……もう……ここにこられないから……」

どうしましょう。おかあさんのいうとおり、ポロンはねむくなってきてしまったのです。

「もう……かえ……らなきゃ……」

びゅるるるるー！

そのとき、すごくつよい風《かぜ》が木《き》ぎをゆらして、えだはざわざわ音《おと》をたてました。こんな夜《よ》みちでねてしまったら、こおってしんでしまいます。

「わか……ったね……あしたは……おち葉《ば》になって」

ポロンは、ふらふらしながら、やっとのことで、家《いえ》にかえってきました。

どんどん！　どたどたー！

ポロンは、ころがるようにドアをあけると、ゆかにたおれこんでしまいました。

「ポロン！　ほら、いったとおりでしょ。はりねずみは、もう冬《ふゆ》ごもりのじかんになったのよ」

「ぼく、ねむく……て、ねむくて……」

おかあさんはりねずみは、ポロンをかかえて、ベッドまでつれていってくれました。

「ポロン、ぐっすりおやすみなさい」

「お……やす……み……」

ねむくて気《き》がとおくなりながら、ポロンはやっとつぶやきました。あたまのなかに、あの赤《あか》い葉《は》っぱが、うかんではきえ、うかんではきえしていましたが、そのうちに、すっかりねむりこんでしまいました。

「あら？」

おかあさんはりねずみが、ポロンにキスをしようとして、なにか赤《あか》いものが、ポロンのあたまにあるのに気《き》がつきました。

「まあ、この葉《は》っぱのことね。たしかに、夕日《ゆうひ》のようにまっ赤《か》だわ！」

さっき、きゅうにふいた木《こ》がらしに、赤《あか》い葉《は》っぱはえだからおちて、ポロンのあたまにとまったのでした。

「おやすみ、ぼうや。ぼうやが目《め》をさまして、この葉《は》っぱをみたら、どんなかおをするかしら？　さあ、赤《あか》い葉《は》っぱさんも、いっしょにおやすみ」

おかあさんはりねずみは、赤《あか》い葉《は》っぱを小《ちい》さなはこにいれて、ポロンのまくらもとにおいてあげました。

びゅるるるー、そとでは、木《こ》がらしが

あれくるって、じきに白《しろ》い雪《ゆき》がふりはじめました。
あっというまに森《もり》は、白《しろ》いいろにそまっていきました。

まっくろ雪《ゆき》のこり

森《もり》はいま、春《はる》にむかってしずかにうごきだしていました。
あたたかな日《ひ》ざしが森《もり》にそそいで、とけだした雪《ゆき》が、ぼたぼたと、もみのえだをつたっておちていきます。

ところが、春《はる》になったのをよろこばないものもいました。

北《きた》がわのこの森《もり》に、日《ひ》がさすことはありません。一年《ねん》じゅう、くらくてさむかったのです。そんな木《き》の根《ね》もとで、雪《ゆき》のかたまりは、いつもあかるい南《みなみ》がわの森《もり》を、じっと見《み》つめていました。

目《め》をさました南《みなみ》の森《もり》では、お日《ひ》さまにてらされたまっ白《しろ》な雪《ゆき》が、きらきらかがやいて、びちゃびちゃの雪《ゆき》どけ水《みず》となってながれています。

森《もり》のどうぶつたちも、それはゆかいそうに、えだからえだへとあそんでいました。

「ふん、なんていまいましい日《ひ》ざしだろう！　ぼくはぜったい、水《みず》になんかならないぞ！」

雪《ゆき》のかたまりは、お日《ひ》さまのひかりにかがやく雪《ゆき》たちを見《み》ているだけで、もうむしゃくしゃしてくるのでした。

森《もり》をおおっていた雪《ゆき》がきえて、北《きた》がわの雪《ゆき》でさえとけてきたころになっても、あの雪《ゆき》のかたまりだけはとけずに、どんどんかたく、くろくなっていきました。

「ぜったいに、ぜったいに、ぼくはとけない！　にくいにくい、お日《ひ》さまを見《み》かえしてやるんだ！」

森《もり》が、きみどりいろの小《ちい》さな芽《め》であふれたある日《ひ》のこと、ざくざく、がさごそ、草《くさ》をふみしめる音《おと》が、ゆっくりとちかづいてきました。

「やれやれ、やっとまぶしい日《ひ》ざしからにげられたわい」

それは、年《とし》とったおじいさんふくろうでした。

花《はな》をかかえて、あたまには花《はな》のかんむりをつけていました。

「ここは、しずかで気《き》もちがいいのう」

ふくろうは、かかえた花《はな》をかしの木《き》の根《ね》もとにおこうとして、下《した》にいた雪《ゆき》のかたまりを見《み》つけました。

「おー、もしかしておまえさんは、『まっくろ雪《ゆき》のこり』じゃな！　こんなところであえるとは。長生《ながい》きはするもんじゃ」

ふくろうは、大《おお》きな目玉《めだま》をぱちくりしてさけびました。

いつまでもとけずによごれて、土《つち》のようにくろくなった雪《ゆき》のかたまりを、『まっくろ雪《ゆき》のこり』と、森《もり》ではむかしからよんでいたのです。

まっくろ雪《ゆき》のこりは、じぶんにあえてよろこぶふくろうを、とてもふしぎにかんじました。

「まっくろ雪《ゆき》のこりよ、わしがこどものころにはな、おまえさんみたいなあまのじゃくな雪《ゆき》のかたまりが、たくさんおって、いつまでもとけずにふんばっていたもんじゃ。ところがこのごろの雪《ゆき》ときたら、あっというまに、お日《ひ》さんにとけてしまいおる。こうしてふんばってる、おまえさんを見《み》ると、わしにもゆう気《き》がわいてくるというもんじゃよ」

ふくろうは、はねをふるるるーとふくらまして、まっくろ雪《ゆき》のこりを、見《み》つめました。

「おまえさんもわしも、にたものどうしじゃの」

それからは、ふくろうは花《はな》をつみにきたかえりには、かならずまっくろ雪《ゆき》のこりのところによっては、なにかはなしかけていくようになりました。

「まっくろ雪《ゆき》のこりよ、がんばれよ。お日《ひ》さんにとけない雪《ゆき》があったっていいんじゃよ。わしも花《はな》がすきだというと、なかまにさんざん、わらわれたもんじゃ。うぉっほっほ！」

ふくろうがやってくるようになって、まっくろ雪《ゆき》のこりは、じぶんがなにか、かわってきているのをかんじていました。むねのなかで、なにかあたたかいものが、むずむずとうごいているのでした。

「なんでおまえさんは、雪《ゆき》のかたまりのままでいようとおもったのかのう？いまじゃ、まっくろくろすけじゃ」

まっくろ雪《ゆき》のこりは、ふくろうにそうきかれても、なんでとけて水《みず》になるのがいやだったのか、このごろではまったく、おもいだせないのでした。

青《あお》あおとしたわか葉《ば》が、かしの木《き》をおおって、森《もり》じゅうに、のばらのあまいかおりがあふれています。ふくろうは、さっそく森《もり》にさきだしたまっ白《しろ》なのばらをつんで、やってきました。

「まっくろ雪《ゆき》のこりにも、見《み》せてやりたくてのう」

ところが、ちょうどかしの木《き》につくころ、しずかに雨《あめ》がふりだしました。

「春《はる》の雨《あめ》じゃ、気《き》もちがいいのう。そのうちやむじゃろう」

ところが、この日《ひ》の雨《あめ》はなかなかやまずに、ぼつんぼつんと、ますますつよくふりだしたのです。

「こりゃあ、まずい、まずい。雨《あめ》にぬれたら、おまえさんは、とけてしまうかもしれんぞ！」

ふくろうは、大《おお》きなつばさをひろげて、まっくろ雪《ゆき》のこりをかくしました。

しばらくして、雨《あめ》がやんだころには、ふくろうはすっかりずぶぬれになっていました。

「おまえさんは、とけずにすんだようじゃな。よかった、よかった！」

ふくろうは、木《き》のほらにかくした白《しろ》いのばらをとりだすと、まっくろ雪《ゆき》のこりのまわりをのばらでかざりました。

「まっくろ雪《ゆき》のこりよ、おぼえているかのう？　おまえさんもかつては、この白《しろ》いのばらのように、まっ白《しろ》な雪《ゆき》だったんじゃよ……。こんなまっくろになってしまったが、おまえさんがまっ白《しろ》な雪《ゆき》じゃったことは、わしがおぼえておるぞ。いつまでもここでがんばるんじゃ。へーくしょん！」

ふくろうは、くしゃみをしながらかえっていきました。

そのときです。風《かぜ》が白《しろ》い花《はな》びらをまいあげて、まっくろ雪《ゆき》のこりの上《うえ》に、はらはらとまいおちてきました。

「ああ！　あの日《ひ》！……」

白《しろ》い花《はな》びらを見《み》たとき、まっくろ雪《ゆき》のこりは、とおい空《そら》からなかまの雪《ゆき》たちといっしょに風《かぜ》にまって、この森《もり》におりてきた日《ひ》のことを、きゅうにおもいだしました。

「そうだ、ぼくは雨《あめ》だったんだ！　あの日《ひ》、きれいなまっ白《しろ》な雪《ゆき》になれて、どんなにうれしかったかしれない！」

その夜《よる》、はじめてまっくろ雪《ゆき》のこりは、とけて水《みず》になったなかまの雪《ゆき》たちのことをかんがえました。

やがて、きせつは夏《なつ》にむかい、お日《ひ》さまは、じんじんと森《もり》をてりつけるようになりました。

ふくろうは、あいかわらずやってきては、あつさでちぢんだ、まっくろ雪《ゆき》のこりを、大《おお》きな葉《は》っぱでかくして、

「がんばれよ！　いつまでも、わしのはなしあいてになっておくれ」

と、はげますのでした。

それはそれはあつい、ま昼《ひる》のことでした。

ふくろうは、花《はな》をつむうちにあつさにのぼせて、かしの木《き》にたどりつくと、よろよろとたおれてしまいました。

木《き》にもたれかかって、ふるふると、くるしそうにいきをしています。

「もう、のどがからからじゃ……どこかに水《みず》があったらのもう」

ふくろうのうでから、いろとりどりの草花《くさばな》がこぼれおちました。

そのときです！　まっくろ雪《ゆき》のこりは、じぶんが、まるで花《はな》びらのようにひらいていくのをかんじました。

みるみるうちに、まっくろ雪《ゆき》のこりはとけていきました。

くろくよごれたそとがわのぶぶんだけをのこして、ドーナツのようにまんなかからとけると、おわんのようなかたちになりました。

雪《ゆき》がとけたうちがわは、むかしとかわらず白《しろ》いままで、なんと、そこには、とうめいでうつくしい水《みず》がたっぷりとたまっていたのです。

「おお！」

ふくろうは、その水《みず》をごくごくのんでいきました。まるで、きよらかないずみのように、こんこんと、おいしい水《みず》がわきでてくるのです。

「なんてうまい水《みず》なんじゃろ！　こんな水《みず》はのんだことがないわい」

ふくろうは、むちゅうでごくごくごくごく、すっかり水《みず》をのみきってしまいました。

「あー、生《い》きかえったわい！」

ふくろうは、すっかりげんきをとりもどしました。そして……、はっ！　と、われにかえってさけびました。

「おおー、わしはなんてことをしたんじゃ。まっくろ雪《ゆき》のこりがきえてしまう……まっくろ雪《ゆき》のこりー！　まっくろ雪《ゆき》のこりー！」

ふくろうは、大《おお》きな声《こえ》でさけびながら、まっくろ雪《ゆき》のこりがとけて、びしゃびしゃになった土《つち》の上《うえ》にしゃがみこみました。

けれどもう、まっくろ雪《ゆき》のこりのすが

たはありません。さいごにすこしだけのこった、そとがわのよごれたくろい雪《ゆき》が、土《つち》にしみこんでいくところでした。

「ふくろうじいさん、ありがとう。おじいさんのおかげで、ぼくはもう、まっくろ雪《ゆき》のこりでいるひつようもなくなったよ」

ふくろうの耳《みみ》に、そんなことばが、どこからともなくひびきました。

雨《あめ》の日《ひ》のせんたくやさん

げんごろうのチョッキ

うすぐもりの空《そら》をおおっていたはいいろの雲《くも》から、ぽつぽつ、しずかに雨《あめ》がふりだしました。

「まああ、やっと雨《あめ》がふってきたわ。しばらく雨《あめ》がふらなかったから、お客《きゃく》さまのせんたくものが、ずいぶんたまってしまいましたよ」

きりかぶの上《うえ》で、さっきから空《そら》を見《み》あげていたかたつむりが、いいました。

かたつむりは、バスケットにいれたせんたくものをひっぱって、のっそりのっそり、はこんでいきました。

かたつむりは、せんたくやさんです。せんたくやといっても、雨《あめ》の日《ひ》にだけ、お店《みせ》をひらいています。

かたつむりの店《みせ》は、ぶなの木《き》の根《ね》もとにあります。一年《ねん》じゅう、水《みず》がわきでている木《き》の根《ね》もとは、ぬるぬる、じめじめが大《だい》すきなかたつむりには、さいこうのすみかでした。そして、せんたくやさんの店《みせ》にも、さいてきです。

ふつうのせんたくものは、ぬれたものを、お日《ひ》さまにほしてかわかすけれど、かたつむりのせんたくやさんは、まったくそのはんたいです。しめったふくをきているのが大《だい》すきなごきんじょさんが、かたつむりのお店《みせ》にやってきて、ようふくをおいていくのです。

せんたくものをお日《ひ》さまにほすかわりに、ようふくにあった雨水《あまみず》にぬらしてきれいにしてあげるのが、かたつむりのせんたくやさんのしごとです。

「きょうは、ほんとうに朝《あさ》から、いいせんたくびより。このくらいの雨《あめ》が、雨《あめ》の日《ひ》のせんたくにはいちばんだわ」

やわらかな春《はる》の雨《あめ》が、しとしとしとしとと、きりのようにふってきます。

かたつむりは、石《いし》の上《うえ》にはえている、まっ青《さお》な草《くさ》のように、つんつんにのびたこけを、ぴちゃぴちゃさわって、つぶやきました。

「まあまあ、いいかんじにしめってるわねえ。このこけの上《うえ》には、げんごろうのだんなさんのネクタイがぴったりね。ネクタイにこけのにおいがついて、とってもおしゃれなかんじになるわ」

かたつむりは、バスケットから、げんごろうのだんなさんのネクタイをとりだすと、ぺたぺたぺたぺた、ぺたぺたぺたぺた、こけの上《うえ》にのせて、においがよくつくようにしめらせると、雨《あめ》によくぬれるように、おきなおしました。

「しばらくこうして、ほしておきましょう。さてさて、つぎは、げんごろうのおくさんのスカーフだわ。そうねえ……」

かたつむりは、スカーフをかかえると、にゅるにゅると、雨《あめ》にぬれた土《つち》の上《うえ》をはっていきました。しばらくすると、すみれの花《はな》がいっぱいさいている場所《ばしょ》につきました。

「どれどれ」

かたつむりは、すみれの花《はな》にやどった雨《あめ》のしずくのにおいを、ふにふにとかぎました。

「そうそう、このにおい、このにおい！

ここにしましょう」

かたつむりは、すみれの花《はな》のしずくがちょうどおちてくる場所《ばしょ》に、げんごろうのおくさんのスカーフをひろげました。こうしておけば、しぜんにスカーフにすみれのかおりがうつって、いいにおいのするスカーフにしあがるでしょう。

かたつむりは、むらさきいろのすみれの花《はな》びらから、ぽったんぽったん、したたるしずくが、スカーフにしみこんでいくのを、しばらくながめていました。

すると、びしゃびしゃびしゃっと、大《おお》きな音《おと》がして、げんごろうが、かけてくるのが見《み》えました。

「せんたくやさーん」

げんごろうが、さけんでいます。

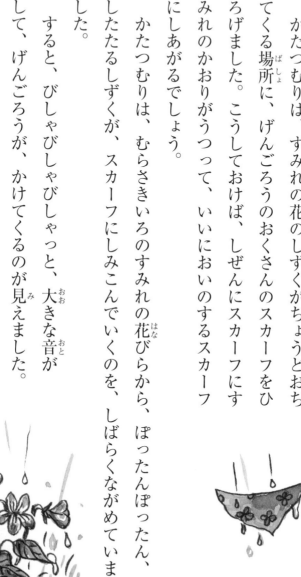

「まあまあ、そんなにはしらなくたって、わたしはどこにもにげませんよ」

「かたつむりさん、このチョッキをせんたくして」

げんごろうは、かかえていたみどりいろのチョッキを、さしだしました。

「さあさあ、せっかくですもの。ちょっと、お茶《ちゃ》でものんでいきなさい。いま、ちょうど、げんごろうくんのおとうさんのネクタイと、おかあさんのスカーフを、せんたくしてたのよ」

かたつむりは、げんごろうをいすにすわらせると、水草《みずくさ》でできたジュースをだしてあげました。

げんごろうは、一気《いっき》にジュースをのみほしました。

「かたつむりさん、このチョッキ、きれいになるかなあ」

見《み》ると、チョッキは、ところどころに、どろがかちにかたまってついています。

「まあ、どうしたっていうんでしょうねえ。どこにあそびにいってたの?」

するとと、きゅうにげんごろうのかおが、ぺちゃっとつぶれて、なきそうになりました。

「それが……それが……」

「どうしたの？　なにがあったか、はなしてごらんなさい」

かたつむりは、やさしくいいました。

「それが、きのう、とってもよくはれてたでしょ。いつもおかあさんに、いくら空《そら》が青《あお》くはれても、けっしてとおくまでとんでいっちゃいけませんって、いわれてたの。でも、げんごろうはとべるのに、水《みず》のなかだけにいるな

んてつまんないよ。それで、いとこのひめげんごろうと、せっかくはれたし、ちょっととおくのゆるゆる川《がわ》まで、とんでいってみようということになったんだよ」

　げんごろうは、ずずっと、はな水《みず》をすすっています。

「さいしょは、たのしくとんでて……。とちゅう、つよい風《かぜ》がふいてきて、気《き》がついたら、ぼくだけ、どろどろぬまのちかくにたおれてたの」

「まあ！　それじゃあ、ひめげんごろうくんは、どうしたの？」

　かたつむりは、つのをぐいっとのばしてききました。

「わかんない……。風《かぜ》にふきとばされるとき、さけびごえがきこえた気《き》がしたんだけど……」

「わかんないって……まあ、たいへんだわ。どうしましょう」

　かたつむりは、つのをぴこぴこうごかしました。

「かたつむりさん、ぜったい、おとうさんやおかあさんにいわないでね。きのうとんだことは、ないしょなんだから……」

「ええ、ええ、もちろんですとも……。でも、ひめげんごろうくんは、どこにいっちゃったのかしら？　ちゃんとかえれたのかしら？」

かたつむりは、にゅうっと、つのをのばしてききました。

「うん。それが、ぼくもしんぱいでしんぱいで……。朝《あさ》、ひめげんごろうの家《いえ》をのぞいてみたけど、だれもいないんだよ」

げんごろうが、かおをゆがめていいました。

「まあ、たいへんだわ！　ちょっとついていらっしゃい」

かたつむりは、チョッキをバスケットにいれると、あるいていきました。

「どこいくの？　かたつむりさん」

げんごろうは、もじもじしています。

「そのいとこがどうなったか、さがさないとしんぱいだわ。とにかく、かまきりのおまわりさんのところにいかないと……」

「ええ、おまわりさん！　そんなのいやだよー、こわいよお」

げんごろうは、立《た》ちどまってしまいました。

「そんなこといってるひまはないのよ。もしいとこが、どこかでまいごになってたらどうするの」

かたつむりは、ものすごいはやさで、にゅるにゅると、雨《あめ》でぐにゅぐにゅになったどろみちをはっていきます。そのあとを、げんごろうが、ずぼずぼついていきます。

かまきりのおまわりさんの家《いえ》は、大《おお》きなふじの木《き》の根《ね》もとにありました。

かたつむりがドアをたたくと、なかから、かまきりがかおをだしました。

すると、かまきりのうしろに、ひめげんごろうが、なきながら立《た》っているのが見《み》えました。

「どこいってたんだよ！」

ひめげんごろうがとびだしてきて、げんごろうにだきつきました。

「そっちこそ、どこにいたんだよ！」

げんごろうも、ひめげんごろうをだきしめました。

「まあまあ、よかったこと！　まいごになってなかったのね」

かたつむりも、ほっとして、つのをひっこめました。

「いやいや、それじゃあ、きみたちは、おとうさんのサインを、ここにもらってきてくれるかね？」

かまきりのおまわりさんが、ふたりに葉《は》っぱをさしだしました。

「それは、なんですの？」

かたつむりが、にゅうと、つのをのばしてききました。

「これは、まいごさがしのきろくですよ。ひめげんごろうくんは、げんごろうくんがまいごになったから、さがしてくれといって、きたんですからねえ。このじけんがかいけつしたしょうこととして、ここに親《おや》のサインがひつようなんですよ」

おまわりさんの
いえ

「えー、そんなのこまるよ。ぼく、おかあさんに、きのう空《そら》をとんだこと、ないしょにしてるのに……」

ひめげんごろうも、まゆをしかめました。

「ぼくだって、おこられちゃうよ」

げんごろうも、下《した》をむいてしまいました。

「ねえ、おまわりさん。この子《こ》たちは、ぶじにかえってきたわけだし、こうしてふたりともあえたんですから。きょうのところは、なにもなかったことにできないでしょうかねえ。おまわりさんのせいふくのせんたくだい、今月《こんげつ》分《ぶん》は、ただにしておきますから……」

かたつむりは、ひっしでかまきりのおまわりさんにたのみました。

「まあ、かたつむりさんがそういうなら、しかたないでしょう。ふだんもおせわになってるからねえ。こりゃあ、かなわないなあ」

かまきりのおまわりさんも、にがわらいして、ながいうでをふりあげて、あたまをがしがしかきました。

かたつむりは、ふたりをつれて、お店《みせ》にもどりました。

「じゃあ、このチョッキは、きれいにせんたくしておきますからね。夕《ゆう》がたには、とりにいらっしゃいね」

かたつむりは、げんごろうに、せんたくものおあずかりの葉《は》っぱを、一まいわたしました。

「せんたくやさん、たすかったよ！　どうなることかとおもって、ひやひやした！」

ひめげんごろうも、いいました。

「きょうのことは、しらなかったことにしておきますよ。でも、今回《こんかい》だって、まいごにならなかったからよかったけど、これからは、でかけるときは、おかあさんにどこにいくか、ちゃんとはなしてからでかけるのよ」

ふたりはかおを見《み》あわせると、大《おお》きくうなずいて、かえっていきました。

「やれやれ、ほんとうによかったこと！　もし、ひめげんごろうくんがまいごにでもなっていたら、いまごろは大《おお》さわぎでしたよ」

かたつむりは、げんごろうのこどものチョッキをかかえると、木《き》の根《ね》にたまっている雨水《あまみず》のなかで、ちゃっぷちゃっぷと、どろのよごれをあらいました。そして、たんぽぽの葉《は》っぱを二まいとると、そのあいだに、チョッキをはさみました。

「すこし気《き》もちがぴっとひきしまる、においがひつようだわ。ちょっとにがみのある、たんぽぽの葉《は》っぱのにおいはぴったりよ」

こうして雨《あめ》にさらしておけば、チョッキには、たんぽぽの葉《は》っぱのにおいがしみいって、夕《ゆう》がた、げんごろうのこどもがチョッキをとりにくるころには、しゃきっとしたにおいがしていることでしょう。

「あらあら、どうやら、雨《あめ》もあがってきたわ。きょうは、なんだかあわただしい一日《にち》だったけど、いい一日《にち》でしたよ」

かたつむりは、げんごろうのこどもたちのえがおをおもいだして、うす日《び》のさすとおくの山《やま》を見《み》ながら、つぶやきました。

「やれやれ、たんぽぽコーヒーでものんで、せんたくものができあがるのを、まつことにしましょう」

かたつむりは、そういって、にゅるにゅると、家《いえ》にはいっていきました。

かたつむりの三姉妹《しまい》

「さあさあ、せんたくもののぐあいを、見《み》てきましょうかねえ。風《かぜ》がずいぶんでてきましたよ」

かたつむりは、はいいろの空《そら》を見《み》あげながら、のろのろ、そとにでていきました。雨《あめ》が、かたつむりの目《め》やほおに、びゅんびゅんぶつかってきます。

かたつむりが、こけの上《うえ》にのせたせんたくものや、葉《は》っぱにくるんだせんたくものが、風《かぜ》にふかれて、いまにもとばされそうになっています。

「まああ、たいへん！　はやく店《みせ》のなかにしまわなくちゃ」

かたつむりが、バスケットにせんたくものをいれていると、風《かぜ》のなかを、かたつむりのこどもたちが、三びきでやってくるのが見《み》えました。

「あら？　あれは、けやきざかにすんでる、かたつむりの三姉妹《しまい》だわ」

「ああ、たすかった！　せんたくやさん、これ、せんたくしてくださいな」

かたつむりたちは、みんなおそろいのおしゃれをして、からの上《うえ》には、きれいなからカバーをつけています。

ところが、いちばん小《ちい》さいかたつむりだけが、からカバーをつけていません。

「さあさあ、きょうは、風《かぜ》がちょっとつよくなってきましたよ。店《みせ》のなかにおはいりなさい」

そういって、かたつむりは、姉妹《しまい》を店《みせ》のなかにとおしました。

「なにかジュースをのみましょうねえ。なにがいいかしら？　そうだわ！　みんなのすきそうな、くろいちごのジュースがありますよ」

そういって、かたつむりは、くろいちごのジュースのびんをかかえて、店《みせ》のおくからでてきました。

「どうぞ、めしあがれ」

かたつむりは、三つのカップに、おなじようにジュースをそそぎました。

すると、すえっこのいちばん小《ちい》さなかたつむりの女《おんな》の子《こ》が、にゅっとくびをのばして、カップのなかをじろじろ見《み》ています。

「あら、ジュースにごみでもはいっていた？」

「ああ、ごめんなさい。そうじゃないんです。この子《こ》、きのうからきげんがわるくて……なんでもひがんじゃうんです」

いちばんからだの大《おお》きいおねえさんかたつむりが、いいました。

「だってだって、このジュースを見《み》てよ。おねえちゃんのジュースより、りょうがぜんぜんすくないよ」

すえっこのかたつむりが、つのをへこへこだしたり、ひっこめたりしていいました。

「まあ、ほんとだわ。ごめんなさいね」

かたつむりは、すえっこのかたつむりの女《おんな》の子《こ》に、ジュースをつぎたしてあげました。

「これでいいかしら？」

「はい！　これなら、おねえちゃんたちとおんなじ」

すえっこの女《おんな》の子《こ》は、そういって、ぺちゃぺちゃとジュースをのみました。

「ところで、こんな風《かぜ》のつよい日《ひ》に、もってきてくれたおせんたくものは、なんなの？」

かたつむりがいうと、おねえさんか

たつむりが、からにむすんでいたせんたくものをおろして、見《み》せました。

「まあ、これは、からカバーじゃないの」

「そう、わたしのよ」

すえっこのかたつむりが、ほおをふくらましていいました。

「でも、ずいぶん、どろどろになってしまったのね。どこかにおとしたの？」

かたつむりがきくと、二ばんめにからだの大《おお》きいかたつむりが、すえっこのかたつむりをにらんで、いいました。

「それがね、この子《こ》、わたしたちのからカバーとちがうっていって、こんなのいらないって、ぬまにほうりなげたんですよ」

「ほんとに、わがままなんですよ」

いちばん大《おお》きいかたつむりも、いいました。

「あらまあ、なんてことするの！　こんなにかわいいからカバーを」

「だって、おかあさん、いつだってわたしのふくは、いちばんさいご。おねえちゃんたちのおふるの、のこった布《ぬの》でつくるから、そのからカバーだって、つぎはぎだらけだもん！」

見《み》ると、からカバーはいろんないろの布《ぬの》で、つぎはぎしてぬわれていました。

「まあ、ずいぶんカラフルでかわいいカバーじゃないの！　このカバーがいやだなんて、おかあさんがかなしむわよ」

かたつむりが、カバーを見《み》ながらいいました。

「そんなことないよ。いつだっておかあさんは、わたしがかわいくないから、そんなつぎはぎだらけのしか、つくってくれないのよ。おかあさんなんて、大《だい》きらいよ」

そういって、すえっこのかたつむりは、ほおをふくらませました。

「まったくこまった子《こ》ねえ。さっきからずっと、こんなふうにすねてるんですよ。おかあさんは、このからカバーも、ずいぶんじかんをかけてぬってたんですよ」

いちばん上《うえ》のおねえさんかたつむりが、いいました。

「うちのおかあさんは、すえっこをいちばんかわいがってるように、わたしには見《み》えるわ」

二ばんめのかたつむりが、いいました。

「かわいがってない、かわいがってない！」

すえっこかたつむりは、ぷんっとして、からのなかにはいってしまいました。

「まあまあ、こまったわね。どちらにしても、おかあさんがかなしまないように、このカバーは、きれいにおせんたくするわね」

かたつむりがいうと、おねえさんかたつむりたちは、ぺこぺことあたまをさげて、

「おねがいします」

と、いいました。

「じゃあ、わかったわ。このからカバーは、きれいにおせんたくするけど、やくそくしてほしいことがあるの」

　かたつむりは、すえっこかたつむりにむかって、いいました。

「このカバーのおせんたくがおわったら、からにカバーをして、おかあさんのところにいって、ありがとうっていいましょうね。おかあさん、いっしょうけんめいつくったのよ」

「ええ？　そんなの、ぜったいいわない！　だっておかあさんがわるいし、うれしくないもん、こんなカバー！」

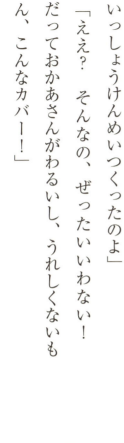

すえっこのかたつむりは、から、からからすこしだけかおをのぞかせて、いいました。

「まあいいわ。夕《ゆう》がたまでには、きれいにしておきますよ」

「すみません。よろしくおねがいします」

三びきのかたつむりは、ジュースをのみきると、かえっていきました。

「こんなにかわいいカバーなのにねえ。さてさて、どうやってきれいにしましょう」

かたつむりは、きれいにどろをあらいながすと、そとにでていきました。

かたつむりがやってきたのは、小《ちい》さな根《ね》っこのあいだに雨《あめ》がたまって、そこにやまぶきの花《はな》びらが風《かぜ》でおちて、きいろにそまった水《みず》たまりでした。

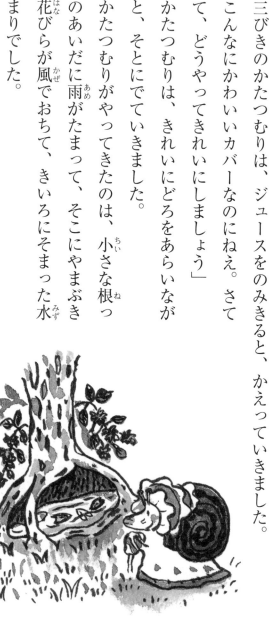

「風《かぜ》のつよい日《ひ》にだけできる、とっておきの水《みず》たまり。ここにつけておきましょう。きっとげんきな力《ちから》がいただけるわ」

夕《ゆう》がた、かたつむりたちがせんたくものをとりにきたときには、すっかり風《かぜ》もやんでいました。

「さあ、どうぞ。すてきなカバーになりましたよ」

「まあ、いいにおい！」

おねえさんかたつむりたちは、はしゃいでいます。けれど、やっぱりすえっこのかたつむりは、ぶすっとして、なにもいいません。

「さっきやくそくしたでしょ。このカバーをつけてかえって、おかあさんに、カバーをつくってくれてありがとう！　って、いえるわね」

かたつむりが、からにカバーをむすんであげながら、いいました。

「いいたくないもん。うれしくないから……」

まだ、すえっこかたつむりは、すねています。

そのとき、とつぜん大《おお》きな音《おと》がして、ドアがあきました。かたつむりたちのおかあさんが、やってきたのです。

「まあ、うちの子《こ》たちったら、せんたくやさんになんのようがあったの？いまアップリケができたのに、こどもたちがいないから、さがしにきたんですよ」

おかあさんかたつむりの手《て》には、なにかがにぎられています。

「いえいえ、ちょっととおりかかったから、わたしがお茶《ちゃ》にさそったんですよ。ところでおくさん、手《て》にもっているのはなんですか？」

かたつむりが、すましてききました。

「ああ、これは、いちごのアップリケですよ。すえっこのからカバーにつけたらかわいいとおもって、つくったの」

「まああ、ほんとうにかわいらしいアップリケだこと！」

すえっこのかたつむりも、おかあさんかたつむりのかかえたアップリケをよこ目《め》で見《み》ると、きゅうにえがおになりました。

「さあ、じゃあ、いえるかしら？」

かたつむりが、すえっこかたつむりにウインクしていいました。

すると、すえっこかたつむりは、にゅるにゅるしながら、

「あの、おかあさん、ありがとう……」

と、小《ちい》さな声《こえ》でいいました。

「まあ！」

おかあさんかたつむりは、ほおを赤《あか》らめると、りょう手《て》をひろげて、すえっこかたつむりをだきよせました。

「おちびちゃんに、ありがとうなんていわれたのは、はじめてだわ！」

おかあさんかたつむりは、そういうと、すえっこかたつむりのから《、、》にいちごのアップリケをつけてくれました。

「まああ、かわいい！」

いっせいに、みんな声《こえ》をあげました。

「よかったこと！　おちびちゃん、どう？　そのからカバーがきらい？」

かたつむりがきくと、すえっこかたつむりは、くびを小《ちい》さくふりました。

「どうも、おじゃましました」

そういって、かたつむりのおかあさんは、こどもたちとかえっていきました。

「どうぞ、どうぞ。またおしゃべりにおよりなさいね」

かたつむりは、そとで見《み》おくりながら、いいました。

「ありがとうがいえて、よかったこと！　あんなかわいいからカバーをしてるかたつむりは、この森《もり》じゅうさがしたって、見《み》つかりませんよ」

かたつむりは、わらってそうつぶやきました。

なめくじのおばあさん

かたつむりは、週《しゅう》に一かいは、なめくじのおばあさんのところに、パジャマをせんたくして、とどけています。

「おばあさん、いますか？」

かたつむりは、いけがきのすきまにある、おばあさんの家《いえ》にいきました。

げんかんには、岩《いわ》からたれさがったこけが、びれびれとつりさがっていて、かたつむりのかおにかかりました。

「ああ、せんたくやさんだね。どうぞどうぞ、なかにはいっておくれ」

おばあさんは、ちょうどお茶《ちゃ》をのむところでした。

「いまねえ、そろそろ、あんたがくるころとおもって、よもぎのおまんじゅうをつくったから、お茶《ちゃ》をいれるよ」

おばあさんは、だいどころから、まつの実《み》のお茶《ちゃ》をもってきました。

「はい、おばあさん。パジャマ、せんたくできましたよ」

かたつむりは、なめくじのベッドの上《うえ》に、パジャマをおきました。

「あんたんとこのせんたくものは、きごこちがいちばんいいよ。ふるくさいかれ葉《は》と、まつの根《ね》がまざったにおいがして、このパジャマをきると、よくねむれるんだよ」

おばあさんは、パジャマにかおをぺとりとくっつけて、いいました。

「それは、うれしいですわ」

かたつむりも、ほおを赤《あか》くして、あたまをさげました。

「さあさあ、そこにすわってくださいな」

おばあさんは、かたつむりに、お茶《ちゃ》とよもぎのおまんじゅうをたべるように、すすめました。

「まあ、おいしそう！」

かたつむりは、おまんじゅうをひと口《くち》かじると、お茶《ちゃ》をすすりました。

「とってもおいしいですわ。おばあさん、このよもぎはどこでつんだんですか？」

「ああ、それは、このあいだ、かまきりのおまわりさんが、おいしそうなよもぎを見《み》つけたと、もってきてくれたんだよ」

「かまきりのおまわりさんなら、とおくまでいくから、きっといいよもぎの生《は》えてる場所《ばしょ》を、ごぞんじなのねえ。このごろでは、こんなまっ青《さお》ないいよもぎは、なかなか見《み》つからないんですよ。においも、だんだんうすくなってしまって……。このよもぎは、

ぷーんといいかおりがしますねえ」

かたつむりは、みどりが、いろあざやかなよもぎのおまんじゅうを、もぐもぐかみしめながらいいました。

「きょうは、おばあさんにプレゼントをもってきたんですよ」

かたつむりが、くびをのばしていいました。

「ええ！　わたしに？　なにかしらねえ」

なめくじの目《め》がほほえみました。

「はい！　これですよ。りんどうの花《はな》のナイトキャップです」

かたつむりは、むらさきいろのりんどうの花《はな》のナイトキャップをだしました。花《はな》には、きれいなリボンもついています。

「まああ、こんなナイトキャップをさがしていたんだよ。あんたは、よく気《き》がつくねえ……。なんでわかったんだい？　年《とし》をとると、夜《よる》ねているときに、あたまがかわいてしかたないんだよ。かわくといたくってね」

おばあさんは、ナイトキャップをかぶりました。

「まあ！　大《おお》きさも、ぴったりだよ！」

くびでリボンをむすぶと、口《くち》をほそめて、からだをゆらしてよろこんでいます。

「よろこんでもらえて、よかったわ！　ねむるとき、そのナイトキャップをすこし水《みず》にしめらせてかぶれば、もっといいとおもいますよ」

よもぎのおまんじゅうを三つ、かたつむりは、かえりぎわ、おばあさんからいただきました。

「これで、あたまがかわかないですむよ。あつくなると、あたまがすぐにかわいてこまっていたので、ほんとうにたすかったよ。ありがとねえ」

「いいえ、いいえ。おばあさんによろこんでもらえて、うれしいですよ」

かたつむりは、そういって、店《みせ》にかえりました。

「今夜《こんや》から、いいゆめが見《み》られそうだよ」

なめくじのおばあさんは、うれしくて、その日一日《ひにち》、ナイトキャップをかぶったままでいました。

「ねむるのが、たのしみになったよ」

そうして夕《ゆう》がたになると、さっそくベッドにはいってしまったのです。

あまがえるとあおがえるのスカーフ

三日《みっか》まえからふりだした雨《あめ》のしずくが、青《あお》あおとせをのばした草《くさ》の葉《は》を、まっすぐにつたっていきます。

「きょうは、いいせんたくびよりだわ。きのうみたいなつよい雨《あめ》じゃあ、ちょっとたいへんだけど、このくらいの雨《あめ》が、せんたくびよりといえるわ。あしたも雨《あめ》がつづきそうだし、きょうは、すこし大《おお》きなもののせんたくができるわね」

かたつむりは、がまがえるからあずかったまくらをひっぱって、そとにだしました。

「がまがえるさんは、土《つち》のにおいが大《だい》すきだからねえ」

かたつむりは、うろうろして、まくらをほす場所《ばしょ》をさがしていましたが、きりかぶの下《した》にかれ葉《は》がたまった場所《ばしょ》を見《み》つけると、そこにまくらをひきずっていきました。

「ここなら、かれ葉《は》の土《つち》のにおいもうつって、いいかんじにしあがるわね」

かたつむりは、まくらをぐじゅぐじゅと、雨水《あまみず》にぬらしました。

かたつむりがまくらをぬらしていると、ぴちゃぴちゃ音《おと》をたてて、あまがえるの子《こ》がはしってきました。けれど、すぐに目《め》のまえで、びしゃんところんでしまいました。

「まあまあ、だいじょうぶ？　はやく店《みせ》におはいりなさい」

かたつむりは、あまがえるを店《みせ》のなかにいれると、からだをふいてあげました。

「せんたくやさん、ありがとう」

「まあ、お茶《ちゃ》でものんで、ゆっくりしなさいな」

そういって、かたつむりはがまのほのお茶《ちゃ》をだしました。そのとき、スカーフがゆかにおちているのに気《き》がつきました。

「まあまあ、このスカーフには、ずいぶん草《くさ》のしみがついてるわねえ。いったいどうしたの？」

かたつむりが、スカーフをひろっていいました。

「まったく、どうしようもないやつなんだよ」

あまがえるは、がまのほのお茶《ちゃ》を、かぷかぷなめながらこたえました。

「どうしようもないって、だれのこと？」

かたつむりが、からだをゆらしました。

「ともだちのあおがえるさ。きのう、雨《あめ》がすごくつよくふってきたから、ふきの葉《は》っぱをかさにして、あるいていたんだよ。そうしたら、ともだちのあおがえるがはしってきて、かさにいれてくれっていうんだ」

「もちろん、いれてあげたんでしょ？」

かたつむりがのぞきこむと、あまがえるはふんとはなをならして、よこをむきました。

「いれてやるもんか！　そのあおがえるは、このあいだだって、ぼくにいじわるして、おやつをわけてくれなかったし。そのまえは、いっしょにあそんでいて、よくとぶ石《いし》を見《み》つけたのを、かしてくれなかったし……。だから、ぼくだってかしてあげるはずないよ」

「それで、けんかになったわけ？」

「そうだよ。ぼくのかさをとろうとするから、ふきの葉《は》っぱのかさをひっぱり

あっているうちに、ふきがおれてしまったんだよ」

「まあ、それはたいへん……」

「まったく、ひどいやつなんだよ。それであたまにきて、あいつをなげとばしてやったんだ。そしたらとびかかってきて、草《くさ》むらをころげまわってるうちに、くびにまいたスカーフがほどけて、このしまつだよ」

かえるは、足《あし》をぴょこぴょこさせて、いいました。

「まったく、しょうがないわねえ。かさぐらい、いれてあげるもんよ。いくらかえるさんたちが雨《あめ》がすきでも、きのうの雨《あめ》は、あたるといたいくらい、つよくふってたじゃないの」

かたつむりは、よごれたスカーフをながめていいました。

「だって、いつもいじわるばっかりしてるんだよ。そんなやつに、やさしくしろっていうのかい?」

「そうよ。だって、あまがえるくんとそのあおがえるさんは、なかがよさそうじゃないの。いつも、いっしょにあそんでるんでしょ？」

「まあね。でも、なかよしなんかじゃない！」

「なんだか、へんなはなしね。なかよくないのに、いっしょに毎日《まいにち》あそんでるなんて、きいたことないですよ。どちらにしても、いじわるされたらやりかえすんじゃ、からだがいくつあっても、たりませんよ」

かたつむりは、つのをへこへこだしながら、いいました。

「もういいよ。なにしろ、スカーフをきれいにせんたくしてもらえば、ぼくはいいんだから……」

あまがえるはそういうと、ぴょんぴょんはねながら、かえっていきました。

「しかたないわねえ」

かたつむりがお茶《ちゃ》をかたづけていると、こんどはあおがえるがやってきました。

やっぱり、手《て》にスカーフをもっています。

「あのー、すみません。このスカーフ」

あおがえるが、スカーフをさしだしました。

「しってますよ。そこにすわって、お茶《ちゃ》でもおのみなさい」

かたつむりは、あまがえるにしたように、がまのお茶《ちゃ》をのませてあげると、いいました。

「はい。あしたには、きれいにスカーフをあらっておきますよ。でも、毎日《まいにち》あそんだり、けんかできるともだちがいて、うらやましいわね。わたしがこどものときには、そんなともだちはいなかったのよ」

「でも、けんかばっかりじゃねえ」

あおがえるが、もじもじいいました。

「けんかできるって、すてきだわ！　気《き》もちがつながっていなかったら、けんかもできないもの」

かたつむりが、スカーフをうけとりながらいいました。

あおがえるは、おれいをいうと、かえっていきました。

「さてさて、ともだちもたいへんなこと……」

かたつむりは、スカーフを根《ね》っこの水《みず》たまりであらうと、めずらしく赤《あか》いきのこがぴょこぴょこでているのを見《み》つけて、あるいていきました。

「まあ、赤《あか》いきのこは、なかなおりにぴったり！　ゆかいな気分《きぶん》にさせてくれますよ」

そういって、二つのスカーフをきのこの上《うえ》におきました。

「こうしておけば、きのこの力《ちから》がスカーフにうつって、たのしいスカーフになるわね」

雨《あめ》は、しとしとふりつづいています。

あっちからも、こっちからも、けろけろけろ、けろけろけろっと、かえるの声《こえ》がきこえてきます。

「ふたりは、きっとなかなおりできますとも」

かたつむりは店《みせ》にもどると、くびをのばして、かえるのうたをずっときいていました。

つぎの日《ひ》も、雨《あめ》はしずかにふりつづいて、あたりの空気《くうき》は、むらさきいろにけむっています。

かたつむりが、ちょうどスカーフをきのこの上《うえ》からとったとき、ぴょこぴょこ、かえるたちのはねる音《おと》がきこえてきました。

「ぼくが、さきに店《みせ》にはいるんだよ」

あまがえるの声《こえ》です。

「ちがうよ。ぼくのほうが、さきだよ」

あおがえるの声《こえ》です。

「まあまあ、ふたりとも、おそろいでようこそ。ちょうどいま、せんたくものもしあがりましたよ」

かたつむりは、スカーフを見《み》せながらいいました。

「こっちのしましまのスカーフは、あまがえるくん。こっちの水玉《みずたま》のスカーフは、あおがえるくんね」

そういって、かたつむりは、ふたりのくびに、スカーフをむすんであげました。

「なんか、いいにおいがするなあ、このスカーフ」

「ほんとだ。なんか、おいしいにおいがするなあ」

あおがえるも、スカーフのにおいをかいでいます。

「まあ、よかったわ。この赤《あか》いきのこのおかげですよ。さあ、スカーフもきれいになったし、おふたりさんも、さっぱりしたらどうかしら?」

かたつむりは、えがおでふたりをのぞきこみました。

「さっぱりって?」

あまがえるが、いいました。

「いうことがあるんじゃないの?　ふたりとも」

かたつむりのことばに、二ひきのかえるは、かおを見《み》あわせました。

「あー、えー、あー」

あまがえるが、もそもそいいました。

「あのー、あのー」

あおがえるも、もじもじしています。

それを見《み》ていたかたつむりが、いいました。

「そうだわ。ふたりともいいたいことがあるんなら、それをどうじにいうっていうのは、どうかしら？」

かたつむりのことばに、ふたりはこくりとうなずきました。

「いい、では、せーの！」

「ごめんなさい、けろ！」

「ごめんなさい、けろけろ！」

ふたりは、そういったとたんに、ぴょこり！　とはねて、わらいだしました。

「なんか、てれちゃうよぉ。ちょうしがくるっちゃうよ。なんでぼく、きょうは、こんなにすなおになっちゃったんだろう」

「まったくそう。ぼくも、なんできょうは、こんなにすなおにいえたのか、ふしぎだよ。きっと、このスカーフのせいかな？　あおがえる、水《みず》たまりにあそびにいかないか！」

あまがえるはそういうと、あおがえるとしましまのスカーフをなびかせながら、いってしまいました。

「やれやれだこと！　あんなに、なかがいいじゃないの。なかなおりができて、ほんとうによかったわ」

かたつむりは、きりかぶの下《した》にほした、がまがえるのまくらのしめりぐあいをたしかめてから、ずるずるまくらをひきずって、店《みせ》にはいりました。

「たしかに、ずいぶんふたりともすなおだったこと……。あの赤《あか》いきのこの力《ちから》は、たいしたものだわ！　ほんとうに、なかなおりできて、よかったよかった！」

草《くさ》むらでは、たのしそうなかえるたちのうたが、けろけろけろっと、いつまでもきこえていました。

おやすみ

春《はる》の長雨《ながあめ》もやんで、やわらかな朝《あさ》の日《ひ》ざしが、水《みず》いろの空《そら》からもれています。

「どうやら、きょうは店《みせ》はおやすみね。もうすぐまっ青《さお》な空《そら》が、かおをだしますよ」

まどから空《そら》をながめていたかたつむりは、つぶやきました。

「そうだわ。店《みせ》もおやすみだし、きょうは、のいちごがどのくらいみのったか、見《み》にいってみましょう」

かたつむりは、スカーフをあたまにまいて、雨《あめ》あがりの森《もり》にでていきました。きのうまでふっていた雨《あめ》がやみ、まっ青《さお》にのびた草《くさ》の葉《は》の上《うえ》で、雨《あめ》のしずくが、きんいろにひかっています。

かたつむりは、雨《あめ》でしめった草《くさ》の上《うえ》を、ぐにゅぐにゅすすんでいきました。のいちごのいっぱい生《は》える場所《ばしょ》は、よくしっています。しだのしげみにまざって、毎年《まいとし》どっさりみのるのです。

かたつむりは、うきうきしていました。のいちごのあまいかおりもジュースも、かたつむりの大《だい》こうぶつです。

しばらくすると、はらっぱがひらけて見《み》えました。

「あそこ、あそこ！」

かたつむりは、いそいで、ぐいぐいとあるいていきました。

はらっぱの草《くさ》は、あかるいみどりいろにかがやいています。

「あら……」

どうしたことでしょう。赤《あか》いいろがすこしも見《み》あたりません。

「どうしたのかしら？　いつもなら、このあたりはのいちごでまっ赤《か》に見《み》えるのに……」

かたつむりは、あたりをきょろきょろ見《み》わたしました。

けれどやっぱり、のいちごの青《あお》い葉《は》っぱはいっぱいしげっているのに、いちごは見《み》あたりません。

「まあ、ざんねん！　きっとだれかが、さきにつんでしまったにちがいないわね」

かたつむりがうろうろしていると、きゅうにまえの草《くさ》のしげみから、ぴょこり！　と、みどりいろのものがとびだしました。

「まあ！　おどろいた！」

それは、いつかのあまがえるとあおがえるでした。

「せんたくやさん！　このあいだは、ありがとう。ところで、なにしてるの？」

「それがねえ。きょうは店《みせ》もやすみだから、のいちごをつみにきたんですよ」

「でも、のいちごなんてないね」

かえるたちは、まわりをみわたしていいました。

「そうなのよ。いつもなら、このじきここは、まっ赤《か》なじゅうたんみたいに、どっさりのいちごがみのってたのにね」

かたつむりも、にゅるーとせのびしながら、見《み》わたしました。

「でも、がっかりすることないよ。ぼく、のいちごがどっさりみのってるとこ、しってるよ」

あおがえるがいいました。

「あら、そう?」

「ぼくについてきてよ。あんないするから」

そういって、かえるは、ぴょこぴょこさきにはねていきました。かたつむりも、かえるについて、にゅるにゅるあるいていきました。

はらっぱのすみのほうにいくと、かえるはとまりました。

「ここだよ」

見《み》ると、たしかにまっ赤《か》ないちごがなっていました。

「ああ……、たしかに、これはいちごだけど……。ちょっとちがうのよ。へびいちごといって、このいちごは、にがいんですよ」

かたつむりが、ざんねんそうにいいました。

「そうなんだ……」

あおがえるも、ざんねんそうに、ぴょこりと足《あし》をのばしました。

「でも、とってもうれしいわ、おしえてくれて。きょうはいちごについてない日《ひ》

なんだとおもうわ。ありがとう」

かたつむりはおれいをいうと、家《いえ》にかえることにして、あるきだしました。

「そうですよ。きっときょうは、いちごつみの日《ひ》じゃなかったのね。まあ、こんな日《ひ》もたのしいですよ。かわいいかえるさんたちにあえたしね」

そういって、かたつむりは、草《くさ》の上《うえ》をぐにゅぐにゅあるいていきました。

そのとたん、どろにすべって、ずるっところびそうになりました。

「まあまあ、きょうはついてないわねえ。ころびそうになるなんて、だらしないこと」

かたつむりは、それから、ぬかるんだみちにちゅういをしながら、家《いえ》へかえっていきました。

すると、みちのまえのほうから、うたごえがちかづいてきます。

見《み》ると、いつかのかたつむりの三姉妹《しまい》です。

「まあまあ、お三にんさん。ごきげんよう。げんきだった?」

「あ！　せんたくやさん！　このあいだは、ありがとう！」

すえっこのかたつむりが、いいました。

せなかには、いちごのアップリケのからカバーがかかっています。

「ほんとうに、あのときはありがとうございました」

いちばん大《おお》きなおねえさんかたつむりも、いいました。

「あら！　なんだか、いいにおいがしますねえ」

「ええ、そうなんですよ。けさはやくにとびおきて、みんなでのいちごをつんできたところなんですよ。きょうは、どっさりつめたので、みんな気分《きぶん》がよくって、うたをうたいながらのかえりみちです」

「まああ、それはよかったこと……」

かたつむりは、つのをひっこめていいました。

「せんたくやさんは、どこにいってたの？」

すえっこのかたつむりが、ききました。

「それがねえ。わたしもおなじ、のいちごをつみにいったんですよ。でも、ひとつぶも、いいいちごはのこってなかったんですよ」

「ええ、かわいそう！」

すえっこかたつむりがさけんだので、おねえさんかたつむりは、せきをしていいました。

「それはおきのどくです。どうぞ、せんたくやさん。わたしたちはこんなにつんだので、すこしのいちごをわけてさしあげますよ」

「まあ、いいんですか？」

かたつむりが、スカーフをほどくと、そこにおねえさんかたつむりが、のいちごをいっぱいいれてくれました。

「まあ、こんなに？　これだけあれば、しばらくたのしめますよ」

かたつむりは、スカーフをむすびながら、おれいをいって、あたまをぐにゃりとたれました。

「また、おせんたく、おねがいします！」

すえっこかたつむりも、えがおでからをゆすってみせました。

「ええ、ええ。いつでも、もっていらっしゃいね」

そういって、かたつむりもえがおでからをゆすって、わかれました。

「まったく、人生《じんせい》はおもしろいですよ。さっきまで、ひとつものいちごがなくてしょげてたのに、いまではおもいほど、スカーフのなかには、どっさりのいちごがはいっているなんてね」

かたつむりは家《いえ》につくと、のいちごを、たべる分《ぶん》とジュースにする分《ぶん》とにわけました。へやのなかには、あまいのいちごのかおりが、いつまでもただよっていました。

かたつむりは、しぼったのいちごのジュースをつるつるすいながら、おもいました。

「それにしても、きょうは、なんかいありがとうをいわれたかしら？　きょうは、ほんとうにいいおやすみでしたよ。せんたくやさんってのも、なかなかいいしごとだわね」

こんなにおいしいのいちごのジュースは、はじめてのんだように、かたつむりはかんじました。

かたつむりは、その夜《よる》、やさしい気《き》もちでねむりにつきました。

あとがき
——小さな思い出のかけら

仁科《にしな》　幸子《さちこ》

わたしは子ども時代を雪国ですごしました。近くの草むらにはやぎがいて、屋根にはオレンジ色の花がさいているというような、とても山奥《やまおく》に住んでいました。台風が大すきだったわたしは、台風の強い風がごーごーとうなりだすと、新聞紙を持って丘《おか》の上に走っていき、新聞紙をびりびりとやぶっては投げ、やぶっては投げ、風に飛ばしていました。新聞紙がくるくるとうなり声をあげるように、暴風の中で舞《ま》い飛ぶ様子がとてもおもしろかったのです。もちろん自分も雨でずぶぬれ、家に帰ると、かぜをひかないように、母親に頭をごしごしタオルでふかれておこられたけれど、そんなことは少しも気にしない、おてんばむすめでした。

そんな自然児のようなわたしが、山梨県大月市《やまなしけんおおつきし》に移り住んで、十三年がすぎました。家には小さな庭があって、絵をかいたり物語をつくってつかれると、庭に出て雑草をつんだり、野鳥にえさをあげたりします。そんな小さな時間が、わたしにとってはなくてはならない、物語のインスピレーションがひらめく大事な時間にもなっています。

自然には一時《いっとき》だって同じ瞬間《しゅんかん》はなく、草花の色は日増しに変化し、葉っぱの色も変わって、実が育っていきます。毎日小さなドラマがそこに起きていて、仕事場から母屋《おもや》までの、たった五メートルほどの道を行き来するだけでも、たくさんのおどろきと発想をもらうことができます。ドアの左手の岩の上には、しだやこけがはえていて、根元にはセージ、レディスマントルがはえ、その下にセダムやクローバーが広がっています。明るい月明かりの下で、デイジーの花の上にすわっていたなめくじを見たときには、なぜかとても感動しました。なめくじが月を見上げて、物思いにふけっているように見えたのです。

　この物語に出てくるかたつむりやかえる、なめくじ、からすやねずみ、はりねずみは、わたしが実際に見かけたり、飼ったりしたものばかりです。人は人間のことばかりを考え、いちばんえらいとかんちがいしているけれど、こんな庭先の小さな生きものにも日をむければ、命の価値に代わりはなく、どの命も精いっぱい生きていることがわかります。その精いっぱいさが心を打ち、何かを教えてくれます。

　物語というのは、こんなふだんの生活の中でかがやいた、つらい想いもふくめた思い出のかけらが、まるでソーダのあぶくのように浮き上がってくるのを、見つける作業のような気もします。今の子どもたちも、たまにはスマホやゲームを手ばなし、風のにおいをかぎ、空を見上げ、土にしゃがんでもらえたらと思います。子どもこそが、いちばんに自然とつながれる名手でもあると思うのです。これらの小さな物語が、子どもたちの心に小さな命のかがやきを、思い起こさせてくれたらと願っています。

にしな さちこ（仁科 幸子）

山梨県大月市に生まれる。多摩美術大学卒業後、日本デザインセンターで永井一正氏のもとアートディレクターとして活躍。その後独立して子どもの本の世界に入る。小学館童画大賞、メキシコ国際ポスタービエンナーレ展、スイスグラフィスポスター展、ADC 賞などに入賞、入選。『★星ねこさんのおはなし★ ちいさなともだち』（のら書店）でひろすけ童話賞受賞。おもな作品に、「ハリネズミとちいさなおとなりさん」シリーズ（フレーベル館）、『よるがきらいなふくろう』『クモばんばとぎんのくつした』（以上偕成社）、『のねずみポップはお天気はかせ』（徳間書店）など多数ある。現在、大月市立図書館館長をつとめている。

雨の日のせんたくやさん

2016 年 4 月 15 日　初版発行

作　者　にしな さちこ
発行所　のら書店
東京都千代田区富士見 2-3-27　ハーモニ別館 102 号
電話　03-3261-2604　FAX　03-3261-6112
http://www.norashoten.co.jp
印　刷　精興社

NDC 913　151p　22cm　ISBN 978-4-905015-26-0